JE T'AI VU DANS MES RÊVES

Chercheur au sein de l'Institut National de la Santé et de la Recherche Médicale (INSERM), retraité aujourd'hui, Ali Ouaissi a décidé de prendre la plume. Il partage son temps libre entre l'écriture et la musique.

JE T'AI VU DANS MES RÊVES

À la mémoire de Nadia et Sarah.

La chanson qui repose en silence dans le cœur d'une mère chante sur les lèvres de son enfant.

KHALIL GIBRAN

Amour et femmes.

AU COEUR DE LA PALMERAIE

Imad regardait pointer les premiers rayons du soleil qui illuminaient la paisible oasis de Ouadane dans la région de l'Adrar Mauritanien, un site d'exception qui occupait un rôle stratégique au temps des caravanes. La levée du jour le surprenait, lui et ses demi-frères, cachés derrière un muret attendant que leur père aille s'occuper de son commerce. En effet, ils étaient supposés être à l'école coranique depuis l'aurore. Mais ce jour-là, ils avaient décidé de ne pas y aller.

L'école était située dans le ksar, une construction fortifiée, située sur la rive droite d'un cours d'eau, à sec l'été. Par endroits y subsistaient encore des mares d'eau infestées de mollusques dans lesquelles les jeunes, en période de grosses chaleurs s'amusaient avec plaisir. L'unique classe se tenait dans une pièce attenante à la mosquée. Pour la première prière de la journée qui se faisait très tôt le matin, il fallait prendre en charge la préparation de l'eau chaude pour les ablutions des personnes qui venaient prier.

L'enseignement de l'école coranique était rigoureux. Chaque élève avait une petite planche rectangulaire : une roche présente dans la région, réduite en poudre, et abondamment mouillée, était utilisée pour enduire les planches. Cette fine couche, durcie par les rayons du soleil, constituait un support sur lequel le maître écrivait avec une encre brune et une plume taillée dans un roseau, les versets du coran à apprendre par cœur pour les élèves les plus avancés. Pour les plus jeunes, cela commençait par l'apprentissage de l'alphabet arabe. Une fois l'élève capable de restituer l'alphabet ou le verset du coran, la planche était lavée, séchée, et l'on passait au verset suivant.

Le maître avait une curieuse façon de faire réciter les élèves. En fin de journée, juste avant le coucher du soleil, il prenait ses jumelles de vue et s'engageait dans les ruelles en direction d'une petite colline à la sortie de l'oasis. L'élève le suivait en récitant les versets du coran. Le maître, qui semblait plongé dans ses pensées, rectifiait chaque erreur ou oubli, tout en marchant. Arrivé au sommet de la colline, il scrutait l'horizon pendant un moment, puis reprenait le chemin du retour. L'élève recommençait la restitution orale du verset suivant.

En dépit des punitions encourues, manquer l'école coranique était pour les jeunes un des moyens possibles d'éviter la rigueur de l'enseignement qu'ils devaient suivre essentiellement pendant l'été et durant les périodes de vacances scolaires. Imad s'étant soustrait au rude apprentissage du coran, il rejoignit au ksar l'un de ses cousins, Yahia, avec lequel il s'entendait bien. Ce dernier était un garçon astucieux qui parcourait la palmeraie de long en large et connaissait tous les petits recoins et jardins dont les murets étaient faciles à escalader. Il pouvait ainsi cueillir, à l'abri des regards, quelques grappes de raisin, des figues ou des melons, mais, il fallait être prudent afin d'éviter de se faire prendre par le propriétaire.

Imad adorait partager ces moments de liberté et parcourir les petits chemins à l'ombre des palmiers dattiers, traversant de temps à autre une parcelle où se pratiquait une culture sous couvert, de maïs, de légumineuses ou de henné. Le cheminement était ponctué de roucoulements monotones et lancinants de tourterelles perchées aux sommets des palmiers. De temps à autre, il fallait enjamber des canaux d'irrigation traditionnelle qui parcouraient la palmeraie, alimentés par une séguia (canal d'irrigation à ciel ouvert) appartenant à la confédération de tribus. L'eau qui circulait était également utilisée pour un usage domestique ; Imad et Yahia pouvaient étancher leur soif à volonté. Yahia était un garçon plein de ressources ; il invita Imad à découvrir ses autres activités : le tir aux oiseaux avec une fronde et la chasse aux lézards et gerbilles. Il était très adroit et ratait rarement sa cible ; une vieille gibecière de cuir toujours à portée de main lui servait à collecter ses proies. Il était également doué d'une agilité extraordinaire qui lui permettait d'attraper des serpents. Il faisait régulièrement des farces à des membres de son entourage en plaçant un petit reptile dans leurs babouches. Ces derniers effrayés, lui donnaient une pièce afin qu'il les débarrasse de l'animal.

Les deux compères longèrent la rive droite de l'oued pratiquement à sec en cette période estivale. Des lauriers roses, qui bordaient de manière éparse un fin filet d'eau, embaumaient l'atmosphère. Par endroits, le lit de la rivière était encaissé et bordé de falaises à partir desquelles des adolescents prenaient plaisir à plonger dans une eau stagnante après de rares et fortes précipitations. Imad et Yahia marchèrent le long de chemins caillouteux et atteignirent à la sortie du village, un vieux cimetière près d'une colline aride et rocailleuse non loin des ruines de la Zaouia, un ancien centre religieux et intellectuel qui servait aussi de lieu de retraite et d'asile.

Imad n'était pas rassuré, il ne voulut pas entrer dans ce vieux cimetière où les corps sont enterrés à même le sol. Deux pierres assez volumineuses enfoncées dans le sol indiquaient la présence d'une tombe. Yahia sortit de sa gibecière une longue ficelle. Il fabriqua un nœud coulant et l'installa devant un trou, puis s'éloigna de plusieurs mètres pour s'allonger à même le sol, tout en gardant un œil vigilant sur son installation de fortune. Il invita Imad, à faire de même. Après un temps qui semblait interminable, une tête sortit du sol. Avec une rapidité incroyable, Yahia tira sur la ficelle, un gros lézard gigotait au bout de ce piège rudimentaire. Imad n'en croyait pas ses yeux. Un coup sec sur la tête du reptile permit de l'assommer et Yahia le mit dans sa gibecière.

Les deux adolescents refirent le chemin inverse pour atteindre la maison d'Imad. Celle-ci comprenait de nombreux appartements construits sur un modèle identique : des chambres qui donnaient toutes sur un patio. Les appartements communiquaient par des longs couloirs. La maison disposait d'une cuisine commune que juxtaposait un grand verger planté d'orangers, mandariniers, citronniers et figuiers. Un bassin sur un côté du verger permettait d'avoir une réserve d'eau utile pour l'irrigation et les besoins domestiques.

Aux deux pôles de la demeure, se trouvait une autre bâtisse où étaient stockées et traitées les dattes récoltées pendant l'année ainsi qu'un grand espace à ciel ouvert où étaient parqués les animaux : moutons, vaches et périodiquement quelques chameaux. Toute la maison était construite en pisé, un système de construction d'habitat en terre, à l'exception d'une aile qui servait à la réception d'invités de marque, notamment les notables et officiels de l'administration locale ou centrale. Cette aile était bâtie avec des matériaux modernes, ciment et béton armé. Elle comprenait plusieurs salons, un bain maure, des toilettes turques, le tout donnant sur un large patio à ciel ouvert. Ce dernier communiquait avec un grand verger. Cette immense maison offrait un formidable labyrinthe qui faisait la joie des enfants pour jouer à cache-cache.

Imad et Yahia traversèrent discrètement les grands couloirs pour arriver dans la grande cuisine qui comportait un four où l'on cuisait du pain. Yahia sortit le lézard de sa gibecière et commença à l'éviscérer. Imad, intrigué, regardait faire son cousin. Après avoir ramassé un amas de bois, Yahia alluma un feu et attendit d'avoir des braises pour enfin faire cuire son gibier. Heureusement, les domestiques étaient occupés à leurs tâches à d'autres endroits de la maison.

— Mais tu ne vas quand même pas manger cette bestiole, lui fit remarquer Imad ?

— C'est un animal comestible, souligna Yahia.

— En tout cas, moi je n'y goûterai pas, répondit Imad.

— Tant pis murmura Yahia, on le donnera à la chienne.

Cette-ci était toujours attachée à l'entrée du parc à bestiaux. Yahia prit sa gibecière, Imad le suivit. Ils passèrent par un grand portail en bois et lancèrent le lézard à la chienne qui sauta immédiatement sur ce festin providentiel. Ils firent le tour de la maison, repartirent dans la direction de l'oued. Arrivés en lisière de sa rive gauche, ils se déshabillèrent et plongèrent dans l'eau stagnante pour se rafraîchir. Ils ne virent pas arriver l'un des nombreux beaux-frères d'Imad qui longeait l'oued. Celui-ci prit discrètement leurs vêtements et partit en direction de la maison.

Très souvent les recommandations de ne pas aller se baigner à cet endroit étaient transgressées par les jeunes adolescents. Quelle ne fut pas leur surprise de ne plus retrouver leurs habits en sortant de l'eau. Ils se mirent à courir dans la palmeraie en tenue d'Adam en direction de la maison. Ils se cachèrent à plusieurs reprises afin d'éviter de croiser des métayers occupés à leurs activités agricoles. Ils essayèrent d'éviter les domestiques et se réfugièrent dans un second four, beaucoup plus imposant, et qui servait à cuire des moutons entiers lors de réceptions et fêtes. Cependant, vu le nombre d'employés et de membres de la famille, cousins et autres qui bénéficiaient du gîte et du couvert et qui circulaient librement dans cette grande demeure, leur passage ne passa pas inaperçu cette fois-ci.

Un attroupement de femmes s'est alors constitué, toutes curieuses de voir ces deux adolescents nus. Des plaisanteries fusèrent, Imad et Yahia restèrent cloîtrés dans le four en attendant une délivrance qui ne venait pas. Finalement une âme charitable, mamma Yakouta vint à leur secours. C'était une esclave affranchie, femme noire toute en rondeur et très belle que Souhaïl, père d'Imad, avait racheté à un de ses cousins. Les trois épouses de ce dernier lui avaient imposé de s'en séparer, craignant qu'elle ne devienne une concubine. Yakouta leur apporta des vêtements qui leur permirent de sortir enfin du four. L'épisode fut rapporté à Souhaïl, un personnage d'autorité, ayant déjà fait son pèlerinage à La Mecque. Il était intransigeant sur l'éducation, la probité et l'honneur de la famille. Il administra au jeune Imad une bonne correction.

Souhaïl jouissait d'un statut de notable. La sédentarisation l'a amené progressivement à abandonner ses habitudes de nomade et s'adonner au commerce. Il fit l'acquisition de nombreux biens non seulement dans l'oasis de Ouadane mais aussi dans plusieurs autres de la région, notamment à Chinguitti. Celle-ci était considérée comme la septième ville de l'islam par la richesse de ses bibliothèques privées en livres scientifiques et théologiques et il s'y tenait aussi de grands marchés. Les sahraouis y venaient pour vendre des bestiaux, faire leurs réserves de denrées alimentaires notamment des céréales, du thé, du sucre et autres produits manufacturés. Souhaïl possédait également des biens à Atar, la capitale de la région d'Adrar[1]. Certaines de ses actions étaient profondément philanthropiques : il racheta de nombreux esclaves qu'il affranchit et qui vécurent longtemps dans sa grande demeure. Certains lui restèrent fidèles jusqu'à leur mort.

Il racontait souvent le cas d'un de ses esclaves qu'il sauva d'une fin qui aurait pu être tragique. Un jour en rendant visite à un de ses cousins, M'barek, il entendit des gémissements persistants provenant d'une pièce mitoyenne à celle où ils étaient attablés. Il insista pour avoir une explication. Son cousin l'emmena dans la pièce dont la porte était cadenassée et dépourvue de fenêtre. Un esclave gisait dans un coin enchaîné à un anneau fiché

---

[1] Adrar : montagne en berbère.

dans le mur. Le malheureux était puni pour avoir volé de la farine. Souhaïl n'hésita pas à prendre l'esclave sous sa protection. En contrepartie, il céda à M'barek une de ses parcelles dans l'oasis. Il alla jusqu'à marier mamma Yakouta à l'esclave affranchi. Ils eurent deux enfants dont l'un fit une brillante carrière militaire. Yakouta eut une place privilégiée dans la maison. En effet, elle allaita plusieurs enfants de Souhaïl qui de ce fait devinrent des frères et sœurs de lait de ceux du couple.

À l'époque, Imad était le plus jeune de la fratrie. La polygamie était en ce temps fréquente, et Souhaïl ne dérogeait pas à la règle, il avait trois épouses. La première, divorcée d'une précédente union, régentait la maison de Ouadane et la deuxième pratiquait encore l'élevage pastoral et le nomadisme en quête de pâturages. La mère d'Imad, Aminatou, troisième épouse en titre, fut mariée très jeune à l'âge de quinze ans. Elle était installée dans une maison à Chinguetti, aussi grande que celle de Ouadane et était servie par plusieurs domestiques. Après la perte de ses deux premiers enfants, la naissance d'Imad fut entourée de beaucoup de précautions. À l'âge de huit ans, Souhaïl décida de l'emmener à Ouadane.

Cette première séparation fut extrêmement douloureuse aussi bien pour lui que pour sa mère. La présence de ses demi-frères et sœurs lui permit tant bien que mal, de s'acclimater et de s'adapter à sa nouvelle famille paternelle. Les promenades dans la nature avec Yahia, qui certes ne compensaient pas le manque d'affection maternelle, furent malgré tout très instructives pour le jeune Imad. Il n'y avait aucun sujet de discorde : ensemble, ils sillonnaient la palmeraie de long en large, enjambaient les petits murets qui bordaient les parcelles, les ruisseaux et les canaux d'irrigation, tout en se délectant des fruits qui se trouvaient sur leur passage. Imad apprit bien plus tard que Yahia était devenu un chasseur redoutable qui, équipé de son fusil, parcourait le désert à la trace des quelques bouquetins et gazelles, animaux de la faune sauvage du désert.

Un beau matin, Imad se dirigea vers la grande cuisine qui juxtaposait le verger. L'une de ses demi-sœurs était en pleine préparation de la pâte à pain qui devait être cuite dans une variante du four traditionnel : deux petits murets en terre dans lesquels étaient incrustées des poteries concaves. Au centre de cet édifice rudimentaire se trouvaient des braises. La pâte était plaquée délicatement contre les parois latérales, épousait la forme concave de la poterie et cuisait sous l'effet de la chaleur dégagée par les braises. À la demande de sa demi-sœur, il partit chercher un peu d'eau dans une casserole, avec la promesse d'avoir un morceau de pain chaud comme récompense.

Il se dirigea vers le bassin et se mit en position allongée afin de pouvoir plonger sa casserole et la remplir d'eau. C'est alors qu'il glissa et chuta dans une eau trouble et froide ; il ne savait pas nager. La longue tunique en laine munie d'une capuche dont il était vêtu agissait comme une éponge et l'entraînait vers le fond du bassin. Il ne pouvait pas crier, il commençait à se noyer. La providence fit qu'une autre de ses demi-soeurs qui passait par là remarqua à travers les orangers qui masquaient en partie le bassin, des mains qui s'agitaient à la surface de l'eau. Elle lança l'alerte et la belle-mère d'Imad fut là rapidement avec d'autres personnes qui le sortirent du bassin et le mirent sur le côté afin de lui faire régurgiter l'eau absorbée. Il fut sauvé cette première fois d'une mort certaine. La providence lui épargna la mort par noyade dans d'autres circonstances au cours de son existence. Bien qu'encore jeune, il perçut un grand malaise dans la maison, probablement lié à la recherche d'arguments pour justifier cet incident à Souhaïl. La belle-mère avait bien des soucis pour gérer l'intendance de la grande demeure, le suivi de ses propres enfants ainsi que de nombreux domestiques.

La promiscuité avec les enfants de l'oasis qui fréquentaient l'école coranique eut pour conséquence qu'Imad fut infecté par la teigne. Son père confia la mission des soins à un boucher, une des nombreuses personnes qui fréquentaient la maison. Ce dernier prit à cœur cette charge. Il rasa la tête d'Imad et, tous les matins le soumit à une série de lavages avec brossage jusqu'au sang à l'aide d'un shampoing Dop, conditionné dans les années cinquante, dans des grandes bouteilles en verre. La séance se terminait par un bain d'alcool. Imad garda un très mauvais souvenir de ces traitements douloureux.

Ces deux évènements : le sauvetage d'une noyade et la teigne amenèrent Aminatou à insister et à obliger Souhaïl de la conduire à Ouadane pour voir Imad afin d'être rassurée. Passée la première période de larmes au moment de la rencontre, les retrouvailles entre la mère et son fils furent emplies de moments de tendresse. Le passage d'un groupe de Gnawas, descendants d'anciens esclaves qui pratiquaient des rituels de transe à des fins thérapeutiques, dans l'oasis incita Aminatou à leur demander de consacrer une séance de danse à Imad pour le protéger contre « le mauvais œil ». Le groupe forma un cercle devant le grand porche de l'entrée principale, Imad étant au centre, ils entamèrent la musique et leurs chants.

La fin de la danse se termina par le perçage de son oreille et la mise en place d'un anneau très fin en argent. Cette séance ne fut pas traumatisante. L'ambiance musicale et folklorique atténua fortement la douleur que l'enfant ressentit. En revanche, il garda un mauvais souvenir d'une séance de thérapie d'un autre genre. En effet, Imad était sujet à des angines à répétition. Son père amena un guérisseur réputé pour faire disparaître le mal. Quatre personnes proches de la famille tenaient Imad en position allongée, la tête immobilisée. Le « thérapeute » tenait, de sa main droite, une tenaille qui serrait une aiguille incandescente, de sa main gauche, il pinça la racine du nez entre les yeux et fit passer l'aiguille dans l'épiderme d'un geste extrêmement rapide. Souhaïl n'assista pas à la séance, il ne put supporter de voir souffrir son fils. En réalité, le rituel était impressionnant, le geste qui n'était pas sans danger, était néanmoins parfaitement maîtrisé, et ne dura qu'une fraction de seconde.

Depuis ce jour, les angines disparurent : un phénomène énigmatique. Ce n'est que plus tard, qu'Imad découvrit à travers ses lectures que l'aiguille de feu faisait partie de la médecine traditionnelle chinoise. En effet, l'une des méthodes d'acupuncture consistait à piquer des points précis avec une aiguille chauffée à blanc. Mais la relation avec l'angine demeura pour toujours sans réponse.

Aminatou repartit à Chinguetti après cette visite qui n'avait pas duré assez longtemps au goût d'Imad ; il souffrait de cette séparation en silence. Il resta encore quelque temps dans sa famille paternelle. Il put ainsi parcourir la palmeraie, participer aux jeux avec ses demi-frères et sœurs ainsi qu'avec les quelques enfants de son âge, cousins et cousines qui fréquentaient la maison.

En dépit de son jeune âge, il aida à quelques travaux des champs, en particulier le transport du fumier vers la palmeraie où les métayers assuraient son épandage. Le troupeau de moutons et chèvres parqué dans le grand espace à ciel ouvert, fournissait l'essentiel du fumier. Périodiquement, il fallait l'évacuer, il représentait un bon apport d'engrais naturels. À l'aide de pelles, il était rassemblé en un monticule que l'on chargeait dans des grandes besaces transportées à dos d'âne.

Lorsque les dattes arrivaient à maturité, les métayers grimpaient au sommet des palmiers, sectionnaient les grandes grappes et les faisaient tomber sur le sol préalablement recouvert d'une toile. Le transport se faisait de nouveau à dos d'âne jusqu'à la maison où un endroit était réservé spécifiquement à leur stockage. La conservation de certaines catégories de dattes pour de longues périodes était assurée en utilisant des jarres traditionnelles faites en peau de chèvre.

Un jour, Imad vit s'approcher de l'entrée de la grande maison, des hommes d'allure élégante, vêtus de derâa[2], le visage dissimulé par un voile. Ils étaient juchés sur de

---

[2] Derâa : habit traditionnel bleu sombre des sahraouis.

beaux dromadaires élancés au poil soyeux et portaient chacun un fusil sur l'épaule. Le voile teinté avec de l'indigo lui rappela les hommes bleus dont il avait déjà entendu parler comme étant de véritables guerriers courageux ayant une connaissance exceptionnelle du désert. Mais pris de panique, il courut se cacher dans la palmeraie. Il vit alors un domestique sortir et accueillir les hommes. Ceux-ci descendirent de leurs montures en épousant de façon précise la succession de balancements d'avant en arrière et inversement, qu'effectue le dromadaire pour s'accroupir. Le domestique s'activa pour parquer les montures dans l'espace qui leur était réservé afin de les abreuver et de les nourrir.

Le groupe de visiteurs était composé d'une dizaine de personnes. Ils furent reçus dans la cour centrale par Souhaïl. Les échanges de formules de salutations durèrent un temps qui paraissait bien long à Imad, qui s'était glissé dans la maison par l'entrebâillement du grand porche de la façade principale afin d'assister à cet événement inhabituel. Le groupe se dirigea vers l'appartement des invités où des domestiques leur apportèrent les accessoires à thé pour une séance interminable, suivie d'un repas frugal où se succédaient méchoui, tagine et couscous sans oublier le lavage des mains dans des ustensiles appropriés. Imad partagea le dîner avec ses demi-frères et sœurs dans une pièce près des cuisines et réintégra son poste d'observation non loin de la salle où se trouvaient les hommes bleus. Une fois repus, les hommes se lancèrent dans des palabres à n'en plus finir. Imad retint de ces longues discussions qu'il était question d'un de ses demi-frères, Massoud qui devait rejoindre sa mère qui pratiquait le nomadisme et qui était en instance de divorce d'avec Souhaïl. C'était en réalité l'objet de la visite des hommes du désert qui venaient en délégation. Ces derniers quittèrent la demeure tard dans la nuit.

Très tôt le matin, Imad fût réveillé par un serviteur. Souhaïl avait donné son accord pour que Massoud aille voir sa mère et qu'Imad l'accompagne. Après une brève toilette, il fut conduit à l'entrée de la maison. Quelle ne fut pas sa surprise en voyant un dromadaire, une jument et une mule, tous attelés, prêts au voyage. Massoud était là avec Yahia et Jaber, son grand frère, un jeune homme expérimenté, habitué aux voyages dans le désert. Ce dernier installa Imad à ses côtés sur le dromadaire. Yahia et Massoud montèrent, respectivement sur la jument et la mule. Le trajet pour atteindre le camp nomade prit deux jours et une nuit passée à la belle étoile. Ils dormirent à même le sol sur de vieux tapis de prière. Quelques arrêts sous une chaleur torride ponctuèrent ce voyage et permirent de se désaltérer.

Une grosse frayeur s'est emparée du groupe lorsque Massoud commença à saigner fortement du nez. Le sang était immédiatement happé par le sol sec et craquelé. L'effet était impressionnant. Jaber fit asseoir Massoud en penchant sa tête en avant, et en comprimant la narine à l'origine du saignement pendant quelques minutes qui semblèrent une éternité. Fort heureusement, le sang s'arrêta de couler.

Ce n'est que le soir de la seconde journée d'une lente déambulation à travers des étendues désertiques et caillouteuses, où pas une âme qui vive n'était visible à perte de vue, qu'ils aperçurent les feux du campement. Une grande fête les attendait. Un bouc fut égorgé, des brochettes fumantes étaient disposées sur une planche en bois, deux autres plateaux couverts d'un voile étaient disposés côte à côte. Le plus grand contenait une théière et des petits verres décorés de motifs dorés, sur le plus petit plateau trônaient du thé vert, un pain de sucre et un marteau en cuivre finement ciselé pour débiter ce dernier en morceaux. À côté des plateaux se trouvaient un porte-braises et une bouilloire, tous deux en cuivre. L'ameublement sous la tente était sommaire : des nattes dépliées réalisées en fibre végétale sur lesquelles étaient étendus des tapis, des coussins et sacs en cuir.

Après les salutations d'usage, qui, comme toujours, prirent un temps qui semblait une éternité, les mêmes phrases revenant souvent en boucle, les membres du campement qui avaient tous des relations de cousinage, s'assirent en cercle autour d'un personnage central qui présidait la séance de thé sous la tente. Pendant ce temps, Massoud en retrait avec sa maman, eut l'occasion de profiter des retrouvailles. Le cérémonial de thé fut interminable : le contenu versé dans un verre était transvasé dans la théière puis dans d'autres verres, ce geste fut répété de nombreuses fois avant d'avoir une riche couche d'écume en surface du breuvage. Après plusieurs dégustations, l'homme qui préparait le thé, le jugeant à point, remplit les verres et procéda à la distribution en respectant l'ordre et la position de chacun. Des brochettes succulentes furent distribuées en même temps que le thé. Le dîner suivit quelque temps plus tard. Un très bon couscous fut servi avec la viande de caprin, l'essentiel de la garniture de légume était composé d'oignons et pois chiches.

Les nomades sahariens étaient sobres et se contentaient de peu pour survivre dans un contexte climatique très rude, avec des étés très chauds, des nuits glaciales en hiver, des vents brûlants. L'eau était une denrée rare. Comme les précipitations sont faibles, il faut parcourir de longues distances avant de trouver un point d'eau, une eau souvent amère qui permet néanmoins d'étancher la soif et d'abreuver le bétail. Imad découvrit avec beaucoup d'étonnement ce mode de vie et fut émerveillé, à l'aube, par la beauté du crépuscule qui enveloppait les immenses successions de dunes.

L'autre surprise fut celle qui concernait la cuisson du pain. Après avoir préparé et fait lever la pâte, une belle jeune femme, les cheveux tressés de petites nattes torsadées maintenues sur la tête, portant de nombreuses bagues en argent aux chatons colorés, disposa des pierres plates sur le sable et y déposa les galettes qui allaient cuire au soleil. Elle les retournera plusieurs fois à intervalles réguliers pour que les deux faces soient suffisamment exposées au soleil. Imad appris bien plus tard, à travers ses lectures, que ce type de cuisson a déjà été signalé par Jésus à ses disciples[3].

Les festivités furent encore prolongées pendant une semaine du fait d'un mariage. On en oubliait les difficultés quotidiennes pour quérir un peu de bien être et partager des moments d'allégresse où les jolies femmes étaient parées de leurs plus beaux bijoux, les pieds et mains décorés au henné. Les hommes avaient la tête enturbannée d'un chèche de couleur blanche, noire ou indigo, identique à celle des vêtements amples ; ils étaient chaussés de sandales à larges semelles, ce qui était bien pratique pour marcher sur le sable. Les futurs époux furent introduits sous une tente un peu à l'écart du campement. Ce fut le lieu d'une danse collective, la danse de la guedra où une femme agenouillée, exécutait

---

[3] L'Évangile de la paix de Jésus-Christ selon Saint Jean (Ed. Genillard, Lausanne).

une danse très expressive qui semblait transmettre sans cesse des messages amoureux. Elle était entourée d'un groupe d'hommes, également à genoux, qui fermaient le cercle tout en battant les mains pour soutenir le rythme impulsé par l'instrumentaliste, et tout en accompagnant avec maîtrise le chant ainsi que les mouvements corporels de la danseuse.

Imad eut l'occasion d'accompagner chaque matin, les jeunes, filles et garçons, puiser l'eau nécessaire aux besoins quotidiens du campement. Il fallait traverser un désert caillouteux sur plusieurs kilomètres par une température avoisinant les 45° avant d'arriver au puits. Le soir, il assista à la traite des chamelles, but du lait servi dans un grand bol, il serra les dents en guise de filtre tout en aspirant le liquide chaud, mais retira une petite pelote de poils captés par ses dents.

Il eut conscience des conditions extrêmement difficiles dans lesquelles vivaient ces nomades qui dénotaient d'un courage et d'une abnégation résignée. Ils luttaient sans plainte contre les éléments de la nature et faisaient preuve d'une extrême générosité envers l'homme de passage, l'hospitalité étant un caractère inscrit dans leurs traditions séculaires. Imad vécut ces moments d'exception avec une émotion intense. Ils lui firent même oublier momentanément l'absence de la tendresse d'une mère qui se manifestait à chaque occasion lorsqu'il était avec elle à Ouadane. Elle tâtait le front pour voir s'il n'y avait pas de fièvre, préparait la bassine d'eau chaude pour le bain hebdomadaire, vérifiait l'aspect vestimentaire pour ne pas attraper froid, s'assurait que le petit-déjeuner avait bien été pris avant d'aller à l'école, et le berçait avant le coucher en racontant des contes des mille et une nuits ou en chantant des comptines.

Le voyage retour prit autant de temps qu'à l'aller dans des conditions spartiates mais révélatrices de l'immensité du désert et de la beauté des couchers de soleil derrière les nombreuses dunes. Le ciel habité de multitudes d'étoiles scintillantes prenait une autre dimension dans ces contrées. L'absence totale de lumière parasite, telles celles des agglomérations urbaines, mettait en évidence un beau ciel incrusté de petits joyaux lumineux.

Le retour à Chinguetti coïncida avec la rentrée scolaire. Les premières années de l'enseignement primaire d'Imad furent longtemps chaotiques. Les changements fréquents d'établissements participaient largement à cette instabilité scolaire. De ses vagues souvenirs de cette période où il fut ballotté d'une cité à une autre, il arrivait qu'il soit inscrit dans une même école que certains de ces demi-frères. À certaines occasions, la fratrie étant seule sans domestique, Souhaïl laissait une somme d'argent à Daoud, le plus âgé des frères, qui était chargé de veiller au bien-être du groupe. Cette situation se révéla ubuesque lorsque Souhaïl s'aperçut que Daoud, pour se distinguer, lui redonnait des économies réalisées sur l'argent prévu initialement pour la nourriture. En réalité, Daoud distribuait quelques dizaines de centimes à chacun, charge à eux de s'organiser pour se nourrir. Les plus dégourdis allaient au petit café du coin, prenaient une bonne soupe et un fruit, d'autres se préparaient une bonne dose de spaghettis. Imad, le plus jeune, achetait le plus souvent quelques Ghribats, de petits gâteaux secs, et surtout des billes pour aller jouer avec ses petits copains du quartier.

Par la suite, Souhaïl décida de faire venir un domestique qui fut chargé de leur préparer à manger, laver le linge et s'occuper de toute la logistique. Durant ces périodes de cohabitation, il arrivait aussi, qu'il y ait des bagarres dans la fratrie ; très souvent Imad en sortait perdant. Les premières années de scolarité en primaire étaient plutôt décevantes. Il se souvenait d'une classe de cours élémentaire où exerçait une institutrice française dont le nom, Madame Clément, resta gravé à jamais dans sa mémoire. Imad fut la tête de turc, elle ne pouvait visiblement pas le supporter, et en était arrivée aux gifles et bien évidemment à l'humiliation qui lui était associée. Il fut aussi victime d'un maître tyrannique qui avait pour habitude de venir chaque matin avec une branche d'olivier qu'il prélevait sur les arbres plantés en bordure de la cour de récréation. Imad fut régulièrement le candidat désigné à se rendre au tableau pour réciter la poésie de la semaine. Il recevait souvent des coups portés par le maître avec la branche d'olivier à cause des omissions ou erreurs. Il connut aussi une forme plus rude de punition : la falaka, une technique de punition ancestrale, utilisée dans le bassin méditerranéen qui consistait à donner des coups de bâton sur la plante des pieds, ce qui ne laissait pas de trace. Pendant les périodes de vacances estivales, Souhaïl embauchait un enseignant à domicile afin que les enfants étudient et ne perdent pas les acquis scolaires. Ce maître pratiquait couramment la falaka. À cette époque, les châtiments corporels faisaient partie des traditions et laissaient une large place à une éducation autoritaire : l'enseignant était le maître absolu dont la parole ne pouvait être contestée.

Lors d'un de ses voyages, Souhaïl fut appelé, pour revenir en urgence, car son épouse Aminatou était souffrante. De retour à Chinguetti, en arrivant à son domicile, les domestiques lui annoncèrent qu'Aminatou avait été transportée par une ambulance du petit dispensaire local qui, n'ayant pas d'expertise médicale pour pallier la détresse respiratoire, l'avait transférée vers l'hôpital d'Atar, le plus grand centre urbain de la région. Son inquiétude atteignit son paroxysme lorsqu'il apprit qu'Aminatou avait été emmenée sans qu'aucune personne de la maison, membre de la famille ou ami ne l'ait accompagnée. Il reprit sur le champ la route pour rejoindre Atar. Après quelques heures de trajet en voiture, il fut aux portes de la cité.

À l'hôpital, le préposé à l'accueil avait l'oreille collée sur son poste radio, il fallut à Souhaïl crier très fort pour qu'il daigne tourner la tête, mécontent d'avoir été dérangé dans son écoute radiophonique. Souhaïl lui demanda si une femme nommée Aminatou, venant de Chinguetti, avait été admise à l'hôpital. L'agent ouvrit un registre, feuilleta quelques pages, répondit par l'affirmative et lui suggéra d'aller se renseigner au pavillon des urgences. En arrivant devant le bâtiment, l'air des ruelles embaumées de senteurs épicées de la cité, céda la place à une odeur de médicaments, d'anesthésiques et de sécrétions corporelles. Ce mélange lui donna un haut-le-coeur.

Il put s'adresser à une femme en blouse blanche qui l'orienta vers l'infirmière en chef. Cette dernière, après avoir consulté ses registres, garda le silence un moment ne sachant que dire. Elle présenta un siège à Souhaïl lui demandant de s'asseoir.

— J'ai une mauvaise nouvelle à vous annoncer dit-elle, et que Dieu vous vienne en aide pour atténuer votre douleur. Votre épouse a été admise à l'hôpital avec comme seul moyen d'identification son prénom. Elle est décédée peu de temps après son admission ; personne n'ayant demandé de ses nouvelles, nous avons supposé qu'elle fût une personne isolée. Comme vous le savez, les enterrements se font le jour même du décès, elle a donc été inhumée dans la fosse commune.

Cette annonce fut déchirante, Souhaïl ne put s'empêcher de pleurer. Il reprit la route pour rejoindre Chinguetti sur le champ, complètement anéanti. Ce qu'il ne savait pas, c'est que l'infirmière en chef avait commis de façon involontaire une erreur de lecture regrettable. Deux femmes portant le même prénom avaient été admises aux urgences, l'une d'entre elles était effectivement décédée, l'autre avait été transférée par ambulance à l'hôpital de Nouakchott où exerçait Yanis, un ami du chef de service des urgences d'Atar.

Souhaïl annonça à Imad le décès de sa mère. Ce dernier resta prostré pendant une longue période, ne parlant à personne, se nourrissant très peu. Il maigrissait à vue d'œil. Souhaïl l'emmena voir un médecin qui prescrivit des vitamines qu'il refusa de prendre. Ce fut une période difficile durant laquelle il partait souvent sur les chemins, un peu au hasard, voulant tout simplement se perdre dans la nature. Il marchait vers un horizon lointain où il pensait pouvoir, comme par enchantement, disparaître à tout jamais. Il se referma sur lui-même pour se protéger du monde extérieur. Il ne formulait aucune plainte, il fallait attendre qu'il remonte de ces profondeurs pour qu'il daigne lever son regard et sentir une présence humaine.

Son état s'améliora suite à la rencontre inopinée avec Meyer, un commerçant juif qui était en voyage pour ses affaires à Atar. Souhaïl avait noué des relations professionnelles et amicales avec des juifs qui exerçaient également des activités commerçantes et habitaient dans le mellah, le quartier où habitaient les juifs à Goulimine, une oasis du sud marocain à la porte du désert. Ils étaient marchands de tissus, bijoutiers, prêteurs sur gage. Certains étaient cordonniers, récupéraient de vieux pneus pour découper des pièces qu'ils adaptaient comme semelles de chaussures pour les chameliers. La vente de dromadaires procurait à ces nomades du désert l'argent nécessaire à leur approvisionnement en thé, sucre, huile et autres denrées de première nécessité. Souhaïl se trouvait à Agadir, un grand centre urbain, devenu depuis une cité balnéaire touristique. Il demanda à Meyer qui revenait de Chinguetti d'emmener Imad pour le faire examiner par un médecin. Meyer vint chercher Imad qui ne fut pas très rassuré. Il avait entendu des discussions qui sous-entendaient que les juifs n'avaient pas le même mode de vie ni les mêmes coutumes. Ils firent une escale à Goulimine pour passer la nuit. Imad fut surpris de voir en rentrant dans le mellah que les femmes, occupées à leurs taches ménagères, arboraient plus ou moins le même type d'habillement que ce qu'il avait l'habitude de voir. Il partagea le repas avec Meyer. On lui apporta une belle couverture et il dormit sur une banquette dans une grande pièce qui servait de salon de réception. Meyer vint le chercher tôt le matin pour partir en voiture en direction d'Agadir. Sur le parcours, ils firent un arrêt. Imad fut surpris de voir Meyer s'envelopper d'un châle, puis enrouler des lanières en cuir portant des boîtiers cubiques sur les bras et sur la tête, et commencer à réciter des prières dans une langue qui lui était inconnue, tout en restant en position debout. Il n'osa pas demander ce que représentait cette façon de prier.

Ce n'est que plus tard qu'il apprit que le châle (talit), et les boitiers cubiques (téfiline) étaient des objets de culte du judaïsme, et que les pratiquants effectuaient plusieurs prières par jour comme le faisaient les croyants des deux autres grandes religions monothéistes : le christianisme et l'islam. Il a pu aussi au cours de ses lectures, réaliser le niveau élevé de complexité de ces religions, du fait des interprétations et des conceptions théologiques un peu divergentes. Ces dernières ont conduit à l'apparition de nombreux courants au sein de chacune d'entre elles : Le christianisme avec le catholicisme romain ou orthodoxe et protestantisme (et tous les mouvements sectaires) ; l'islam avec les sunnites, les chiites et kharidjites ; le judaïsme avec le contemporain, l'orthodoxe, le libéral, réformé et reconstructionniste.

Meyer était au courant de la douloureuse épreuve que traversait le jeune garçon. Il lui parla tout au long du voyage, de la vie et de la mort : cette dernière fait partie de la vie, elle est son aboutissement naturel. Il illustra ses propos par de nombreux exemples pris dans le règne animal ou végétal qui montraient que tout être vivant sur terre : humain, animal ou plante était soumis à cette loi de la nature, une mort précoce ou tardive, mais toujours au bout du chemin.

Le travail de deuil fut difficile, prit beaucoup de temps, ponctué par des rêves récurrents où Imad revoyait sa mère bien présente parmi eux, habillée de belles robes blanches brodées de dessins dorés, apportant joie et bonheur. Ces rêves étaient alimentés par les chuchotements qu'il entendait ici ou là, laissant supposer que sa mère serait peut-être encore vivante. Son père ayant consulté une voyante, cette dernière lui aurait appris qu'elle avait la certitude qu'Aminatou était installée dans une grande ville, Nouakchott. Il était d'autant plus convaincu de cette affirmation qu'un proche aurait aperçu, lors d'un séjour dans cette ville, une femme ressemblant étrangement à Aminatou. Souhaïl fit plusieurs séjours à Nouakchott avec l'espoir de retrouver les traces de sa femme. À chacun de ses déplacements, il revenait dépité. Il perdit espoir et se résigna convaincu qu'il ne pouvait rien contre la providence divine. Homme de foi, il considéra la traversée de cette adversité comme une épreuve pour tester l'intensité de sa propre ferveur.

Avec le temps, la vie reprit son court et le décès d'Aminatou ne fut plus qu'un événement narré de temps en temps avec le mystère qui l'entourait et devint presque une légende.

AMINATOU ET SA SECONDE VIE

Le docteur Yanis, chirurgien coopérant d'origine canadienne, fut réveillé par un appel des urgences de l'hôpital de Nouakchott. La patiente recommandée par son ami de l'hôpital d'Atar, en grande détresse respiratoire, venait d'être admise dans le service. Il fit une courte toilette et s'engouffra dans sa voiture pour rejoindre au plus vite l'hôpital. Arrivé sur place, il examina la malade et fut frappé par sa beauté. Il alerta son service pour mettre en place le système d'oxygénation et avoir rapidement les données biologiques et radiologiques.

Très rapidement, Yanis diagnostiqua une petite formation tumorale au niveau de la gorge. Vu le risque d'essaimage, il décida d'éviter la biopsie. Il opta d'emblée pour une chimiothérapie. Les séances furent quelquefois éprouvantes pour la patiente, mais les résultats spectaculaires. Une régression rapide de la tumeur fut observée, ce qui laissa supposer qu'on était au premier stade du cancer. Cette régression était plutôt un signe favorable. Il y avait donc bon espoir que le mal ait été arrêté dans sa propagation vers les couches profondes

des muqueuses, ce qui aurait pu conduire à un carcinome épidermoïde invasif.

Le plus intriguant pour Yanis, était que la patiente ne se souvenait plus de rien, malgré des examens radiologiques qui n'avaient pas montré d'altérations au niveau cérébral. Le cas devenait un peu plus complexe du fait qu'elle n'avait pas eu de visite de membres de sa famille. Le plus inquiétant étaient les contacts avec l'hôpital d'Atar qui n'avaient pas abouti à clarifier l'identité d'Aminatou.

Après un séjour de quelques années en Mauritanie, Yanis avait appris quelques rudiments de la langue arabe et du dialecte berbère, ce qui lui permettait de communiquer avec les autochtones. Il était tombé amoureux de ce pays et du continent africain de façon générale. Il avait été amené à participer à des missions humanitaires et exercer son activité de chirurgien dans des conditions difficiles. Cependant, il revenait de ses déplacements avec la sensation intérieure forte d'avoir accompli son devoir envers ses semblables, pauvres, démunis et souvent en situation de profonde détresse.

Yanis était une personne profondément généreuse. Il était fils unique d'un père immigré d'origine mauritanienne et d'une mère canadienne. Son père, Lamine, ingénieur des mines, avait émigré de longue date au Québec où il épousa une jeune femme qui s'appelait Marie.

Yanis, en venant exercer sa profession dans le pays d'origine de son père, avait retrouvé une partie de ses racines. Il avait compris que son action avait un sens au regard des principes de vie qu'il s'était fixé. Il revoyait en pensée ses collègues de promotion qui exerçaient leur profession médicale dans des cliniques privées. Ces derniers menaient une vie très confortable grâce à leurs fortes rémunérations. Certains d'entre eux lui faisaient comprendre, sous couvert d'un discours alambiqué, qu'il avait intérêt pour son bien-être, plutôt que de rester en exil dans une contrée lointaine, de rentrer et consacrer un peu de son temps à améliorer son confort. Il n'en tenait pas compte et poursuivait son propre chemin, celui que lui dictait sa conscience.

Aminatou resta dans le service du docteur Yanis pendant quelques mois. Ce dernier suivit de près l'amélioration de son état de santé et passait des moments à parler avec elle de sujets divers : la maison, les enfants, les travaux des champs, et autres occupations journalières. Par ce biais, il essayait de tester si ces éléments pouvaient évoquer pour elle des souvenirs, hélas sans grand succès. Yanis marié à une jeune québécoise pendant quelques années, avait divorcé. Ils s'étaient aperçus au fil du temps, qu'ils ne partageaient pas les mêmes aspirations. Il finit par penser que le mariage était une sorte de loterie ; on fait ce qu'il faut pour se plaire mutuellement au début, puis on se découvre plus tard tel que l'on est vraiment, avec des qualités et des défauts, ce qui conduit parfois à une rupture.

Alors qu'il avait perdu tout espoir de retrouver des sensations de bonheur que procurait la rencontre avec une femme, il réalisa au fil du temps que les moments d'échange avec Aminatou lui procuraient une grande joie. Il repensait à la citation de Paul Eluard « il n'y a pas de hasard, il n'y a que des rendez-vous », et au passage de l'un de ses derniers poèmes d'amour : « il y a toujours au bout du chagrin une fenêtre ouverte, une fenêtre éclairée » ; et peut-être qu'Aminatou était cette fenêtre.

Il eut alors la conviction qu'il développait des sentiments amoureux envers cette jeune femme. Qu'en était-il d'Aminatou ? Éprouvait-elle un penchant pour lui ? Certes, il avait remarqué qu'elle n'était pas insensible à son charme, et qu'elle avait un sourire lumineux chaque fois qu'il venait lui rendre visite. Yanis resta avec ce dilemme pendant quelques semaines encore, puis vint le moment où il dut se résigner à signer le bulletin de sortie d'Aminatou. Il ne pouvait la laisser partir parce qu'elle était amnésique, qu'elle était sa patiente à l'hôpital depuis plusieurs mois. De plus, elle avait encore besoin d'un suivi à cause de cette amnésie. Après une longue réflexion, il lui proposa de l'héberger. Il disposait d'une grande villa avec deux gardiens qui se relayaient jour et nuit. La demeure était entourée d'un grand jardin arboré et possédait une grande piscine dont les employés prenaient grand soin. Sakina, une femme d'une quarantaine d'année, s'occupait de l'intérieur et lui servait des bons plats mijotés.

Yanis fut agréablement surpris par Aminatou qui, sans hésiter, accepta sa proposition. Il la présenta à son personnel de maison comme une cousine d'un de ses très bons amis. Cette explication coupa court à toute interprétation et commérages qui pouvaient résulter de cette situation. Aminatou vécut dans ce doux cocon familial une période heureuse. Sakina fut une aide précieuse, avec laquelle elle redécouvrit progressivement les activités quotidiennes, culinaires et vestimentaires. Elle prit plaisir à sortir au souk, le marché traditionnel de plein air et aller au hammam, le bain maure.

Yanis était heureux de garder Aminatou auprès de lui, mais il ne voulait pas brûler les étapes. Certes, il était maintenant convaincu de ses sentiments, il aimait cette femme que la providence avait mise sur son chemin. De leur tête-à-tête quotidien, le soir autour du dîner, et pendant la séance de thé à la menthe, un état d'exaltation et un sentiment de bien-être l'envahissaient. Il notait qu'Aminatou était radieuse et très à l'écoute de ce qu'il lui racontait de sa journée passée auprès de ses patients. Elle buvait ses paroles tout en contemplant son visage et en fixant ses yeux bleu azur, caressant tendrement la main qu'il abandonnait sur son bras. Yanis testait régulièrement la mémoire d'Aminatou. Il avait peur que le passé resurgisse avec ce qu'il pouvait cacher de surprises, bonnes ou mauvaises. Il lui arrivait de passer des nuits blanches ce qui lui faisait craindre une baisse de vigilance et de concentration lors des interventions chirurgicales. Pour pallier ces périodes transitoires d'insomnie, il s'était fait aménager une pièce jouxtant son bureau avec un lit où il se permettait de faire une micro sieste afin de se reposer.

Après une période paisible, survint alors une missive qui signifia à Yanis que son contrat ne serait pas renouvelé et qu'un autochtone, qui avait exercé quelque temps aux Etats-Unis, serait de retour dans son pays pour prendre la responsabilité du service de chirurgie générale. Cette nouvelle secoua fortement Yanis qui adorait l'Afrique de façon générale et la Mauritanie en particulier. Il tenait absolument à exercer dans le secteur public hospitalier, là où il se sentait utile et où il pouvait apporter son aide à des populations démunies, et pour la plupart d'entre elles sans couverture sociale. Il commença à réfléchir à son retour au Canada et surtout à comment concilier ce retour avec son désir, de plus en plus fort, de garder Aminatou à ses côtés.

Yanis avait tissé des liens amicaux avec de nombreux acteurs de la vie publique dans la sphère administrative, politique ou sociale. Il pouvait solliciter leur soutien à tout moment ; cela pouvait l'aider à résoudre le premier écueil auquel il devait faire face : donner une identité à Aminatou. Son espoir était de pouvoir l'épouser, une fois réglé le problème d'identité, et de faire le nécessaire auprès de son ambassade pour l'emmener au Canada. Il fallait absolument qu'il explique le contexte à Aminatou, il respecterait son choix. Alors qu'il avait cogité ses plans pendant la journée, le soir en regardant sa belle Aminatou qui s'avançait à sa rencontre avec tant de confiance et de tendresse, il fut pris de vertige devant cette « inconnue ». Son cœur battait la chamade, il en oublia ses soucis. Il lui fallait quelques minutes pour retrouver son calme, puis il exposa son plan à Aminatou. Quelle ne fut pas sa surprise lorsque cette dernière l'enlaça tendrement. Il vit ses yeux qui se remplissaient de larmes, il la serra dans ses bras tout en caressant avec une infinie douceur sa longue chevelure qui tombait en cascade sur ses épaules. Il voulut malgré tout lui donner quelques détails sur son futur pays d'accueil et décrire les difficultés quotidiennes auxquelles elle devrait faire face.

— Tu sais le Canada, grâce à son étendue, est le deuxième plus grand pays au monde après la Russie. Le climat est rude, pendant l'hiver, les températures ressenties peuvent atteindre -40°C avec d'importantes chutes de neige et du verglas qui parfois paralysent les transports. Penses-tu pouvoir supporter cela ?

— Avec toi à mes côtés, je pourrais vaincre toutes les difficultés. J'irais avec toi au bout du monde s'il le fallait, lui répondit-elle.

Yanis fut ravi, il posa un tendre baiser sur le front d'Aminatou et lui souhaita une bonne nuit. Il rejoignit sa chambre et dormit l'esprit en paix. Le lendemain, il prit contact avec un de ses fidèles amis qui occupait un poste de responsabilité à l'état civil. Il expliqua son dilemme. Le fait de vouloir transgresser la loi, même si c'était pour une bonne cause, était en contradiction avec son système de valeurs et ses principes moraux. Son ami le rassura. Il lui rétorqua qu'il n'avait pas à s'inquiéter et que s'il abandonnait Aminatou, elle serait vite la proie de criminels sans scrupule qui n'hésiteraient pas à la prostituer. Le fait d'éprouver des sentiments amoureux pour elle et de vouloir l'épouser pour fonder une famille était tout à son honneur. Il ferait le nécessaire pour résoudre la question d'identité. Quelques jours seulement après cette entrevue, son ami vint à son domicile, il prit les empreintes digitales d'Aminatou et réalisa des photographies aux dimensions réglementaires. En accompagnant son ami vers la sortie, Yanis demanda :

— Quelle serait l'identité d'Aminatou ?

— Je pense lui garder le prénom Aminatou et lui adjoindre Amine comme nom de famille. Elle pourrait être née à Nouadhibou de parents inconnus, elle est à ce jour âgée de 30 ans. Je m'arrangerai pour établir sa carte d'identité et son passeport ainsi que des extraits d'acte de naissance.

Yanis remercia chaleureusement son ami et lui annonça qu'il envisageait de célébrer rapidement, dans l'intimité, son mariage avec Aminatou, et qu'il comptait sur sa présence.

— Je serai parmi vous avec grand plaisir, répondit son ami.

Les documents administratifs furent rapidement établis et le mariage fut célébré en toute discrétion, le couple n'étant entouré que de quelques intimes et de leur fidèle servante Sakina. Le mariage civil fut célébré au consulat du Canada, celui devant les adouls (auxiliaires des juges qui ont un rôle de greffe et de notariat dans le droit musulman) fut organisé dans leur demeure. Le père de Yanis étant d'origine mauritanienne et de confession musulmane, la filiation de son fils ne posait donc aucun problème pour le mariage adoulaire. Yanis commença à préparer son retour au Canada. Il fallait initier Aminatou aux conditions de vie dans ce vaste pays. Mais avant tout, il lui semblait nécessaire qu'elle suive quelques enseignements de français afin qu'elle puisse briser la barrière de la langue.

Au sein du service de chirurgie générale, il avait eu à soigner de nombreuses personnes de différentes catégories socio-professionnelles. C'est ainsi qu'il avait fait la connaissance de Samira, une jeune enseignante de langue, qui maîtrisait bien le français et l'anglais, parlait l'arabe et couramment la langue berbère. Il avait opéré et pris soin de son frère quelques années auparavant et elle lui en était reconnaissante. Elle répondit avec enthousiasme à la demande de Yanis afin d'enseigner le français et quelques rudiments d'anglais à Aminatou. Elle entreprit rapidement cette mission en venant chez eux en dehors de ses heures au collège. Il y eut très vite une très bonne entente avec Aminatou. Sakina préparait des pâtisseries délicieuses pour accompagner les visites de Samira et les progrès aussi remarquables qu'inattendus d'Aminatou. Yanis fut soulagé ; la difficulté que représentait l'acquisition de la langue après celle de l'état civil était en voie d'être surmontée. Il fit le nécessaire auprès de son ambassade pour les formalités d'émigration d'Aminatou vers le Canada, ce qui ne posa aucun problème. Pendant les quelques jours qui précédèrent le jour du départ, une certaine fébrilité régnait dans la maison. Les visages un peu tristes, les regards lointains, dénotaient l'imminence des adieux aux amis, à Sakina. Il fallait se résigner à quitter ce beau pays ensoleillé, ses oasis : des coins de paradis où s'égrènent palmeraies et ksours témoignant d'une histoire millénaire.

Aminatou et Sakina fondirent en larmes en s'étreignant. Yanis parvint, avec beaucoup de mal à contrôler sa tristesse. Il fit quelques pas vers le jardin, le temps de calmer une montée d'angoisse en adoptant une respiration abdominale, lente, profonde et régulière. Yanis ne put réprimer totalement son émotion et cacher ses yeux larmoyants au moment où il prit Sakina dans ses bras pour faire ses adieux. Cependant, il était intérieurement rassuré pour son avenir. Il avait fait le nécessaire sur le plan matériel pour qu'elle puisse disposer pendant quelques années, de revenus modestes, mais suffisants. Par ailleurs, il lui avait assuré une place de gouvernante chez un de ses collègues médecins. Ce dernier était ravi de l'avoir à son service car il avait déjà entendu parler de ses qualités humaines et professionnelles.

Aminatou découvrit, pour la première fois, les aéroports, lieux bouillonnants de vie et d'activités, les changements d'avion, les escales et les longues attentes pendant les phases de transit. Ils rejoignirent la ville des Trois-rivières au Québec au bout de trente longues heures. Ils furent accueillis par le père et la mère de

Yanis, contents de retrouver leur fils après son long séjour en Afrique. Ils étaient déjà informés de son mariage et de l'amnésie d'Aminatou. Mais dans les échanges de correspondances, Yanis, afin de ne pas inquiéter ses parents, avait insisté sur l'état transitoire de ses troubles. Il espérait dans son for intérieur qu'Aminatou pourrait recouvrer sa mémoire, mais en même temps, il redoutait d'apprendre des événements fâcheux qui pourraient ternir son passé et déstabiliser leur union. Il était conscient du risque qu'il prenait en épousant Aminatou, mais il tenait à cette belle femme. Ils s'installèrent dans une villa totalement aménagée, superbement bien entretenue et agrémentée d'une piscine. Yanis reçut rapidement une proposition pour rejoindre le centre de santé et de services sociaux de Trois-rivières pour occuper un poste de chirurgien. Ses parents entourèrent leur belle-fille de beaucoup d'affection et trouvèrent en elle la fille qu'ils n'avaient pas eue.

Aminatou trouva aisément ses repaires : elle s'émerveilla de la végétation luxuriante, des massifs floraux en ville, superbement entretenus, et surtout de ce spectacle fascinant du changement de couleur des feuilles d'érable où le vert tourne au jaune, à l'orangé ou au rouge vif en automne. Cette flambée de couleurs lui parut un enchantement éblouissant. La quiétude trouvée dans son nouveau pays d'accueil, ne tarda pas à être perturbée par des rêves étranges qui se succédaient de façon régulière. Elle se voyait, tenant dans ses bras un jeune garçon, debout dans une maison en pisé, entourée d'une palmeraie bordée d'un pré où paissaient des chèvres. Un grand homme basané habillé d'une derâa, venait lui arracher l'enfant pour l'emmener loin d'elle, sans prononcer un mot. Elle courait derrière lui pour reprendre l'enfant sans réussir à l'atteindre. Dans un autre rêve, elle était dans une étable en train de traire des vaches. Un petit garçon, dont elle ne pouvait distinguer le visage, se présentait devant elle réclamant un peu de lait qu'elle lui tendait dans une tasse. Dès qu'elle se levait pour le prendre dans ses bras, le petit disparaissait. Elle se réveillait le plus souvent en sueur, elle essayait alors de calmer ses battements cardiaques par une respiration abdominale, comme le lui avait montré son mari. Elle fit part à Yanis de ses rêves. Celui-ci la rassura :

— On fait tous des rêves, lui dit-il, sans que l'on comprenne leur signification. La plupart du temps, ils sont incohérents.

— Oui, mais la présence récurrente de cet enfant dans mes rêves est intrigante, tu ne penses pas ?

— C'est peut-être un désir inconscient de materner ?

— Peut-être. Tu ne penses pas que cela pourrait avoir une relation avec cette période de ma vie antérieure dont je ne garde pas de souvenirs ?

Yanis fut surpris par cette remarque, il pensa qu'elle avait peut-être raison, mais il garda le calme qui le caractérisait, et se contenta de hausser les épaules.

Quelques semaines plus tard, Aminatou commença à avoir des nausées à chaque réveil matinal. Yanis et ses parents furent inquiets, mais très rapidement rassurés, et heureux de savoir qu'elle attendait un enfant. Les futurs grands-parents furent très heureux. Très attentionnés envers la future maman, ils prirent toutes les précautions afin qu'elle ne fasse pas de gros efforts, et qu'elle ait une hygiène de vie la plus favorable au développement de l'enfant.

L'hiver arriva avec son froid glacial. Aminatou en était à son neuvième mois de grossesse, il fallait redoubler de prudence. Un jour, elle sortit pour faire une petite promenade et respirer l'air vivifiant, véhiculant les diverses senteurs des arbres. Cette marche pourrait lui procurer un bien-être sur le plan physique mais aussi mental. Elle s'habilla chaudement et partit faire sa promenade. Sortie de la maison, elle prit un chemin qui s'engouffrait dans une zone boisée qui jouxtait le quartier résidentiel. Après un assez long moment de marche, un vent froid commença à souffler, il s'y mêlait de fins flocons de neige. Aminatou pensa qu'il était peut-être temps de rebrousser chemin surtout que la neige commença à tomber dru. Elle continua à avancer en ayant rabattu la capuche de son manteau, tête baissée pour se protéger le visage. Bientôt, elle ne put distinguer suffisamment le chemin forestier qui n'était pas balisé. Soudain, elle prit peur et lança un regard affolé autour d'elle. N'ayant pas pris sa montre, elle ne put apprécier le temps durant lequel elle avait marché. Les bruits qui pouvaient provenir de craquements de branches d'arbres, des cris aigus des animaux de la forêt perturbaient le silence habituel de cette forêt peuplée de feuillus. Elle changea de direction à plusieurs reprises, si bien qu'elle réalisa qu'elle ne savait plus où se trouvait le bon chemin. Les flocons de neige l'aveuglaient et ralentissaient sa marche, elle continua courageusement d'avancer, elle chuta plusieurs fois. Elle se rappela les conversations des voisins sur la rudesse des hivers et les dégâts matériels, mais parfois des pertes humaines qu'occasionnaient les tempêtes de neige dans la région, ce qui ne la rassura pas du tout et augmenta son angoisse.

Au moment où elle commençait à désespérer, elle vit entre les arbres apparaître une faible lumière en mouvement, qui disparaissait aussitôt. Cette lueur d'espoir réactiva sa volonté de continuer. Elle vit de nouveau deux petites lumières qui comme la première fois disparurent derrière les arbres qui faisaient un écran touffu. Tout en avançant dans la direction des éclats lumineux, elle s'aperçut qu'elle était en bordure d'une route, les lumières provenaient des phares de véhicules qui y circulaient. Elle se mit sur le bas-côté et continua à marcher, mais elle était à bout de forces, ses pas n'étaient plus assurés, et elle tomba à genoux. Au même instant, ses yeux fatigués, aveuglés par la neige, aperçurent les deux phares d'un véhicule, elle fit un dernier effort pour lever les bras et faire signe au conducteur.

René, un brave homme qui travaillait dans une scierie, rentrait de sa journée de travail, heureux de retrouver son foyer avec sa femme et ses quatre enfants. Il fut surpris de voir une femme au sol dans la neige, en bordure de route. Il s'arrêta près d'Aminatou, sortit de sa voiture pour lui porter secours.

— Ce n'est pas un temps pour sortir de chez vous, Madame ! Que vous est-il arrivé ?

— Je suis perdue, je ne sais plus où je suis, répondit Aminatou.

— Rentrez vite dans la voiture, le chauffage est à fond. J'ai encore un peu de thé chaud dans la bouteille isotherme.

Il servit à Aminatou une tasse de thé accompagnée d'un biscuit qu'il avait dans sa sacoche et lui proposa de la ramener chez elle. Il remarqua immédiatement qu'elle était enceinte. Il lui demanda où il pouvait la déposer. Aminatou ne pouvait le renseigner, la seule indication qu'il réussit à avoir était son prénom et celui de son mari,

Yanis. Du fait, peut-être des émotions vécues lors de cette journée froide et enneigée, un voile avait de nouveau recouvert une partie de sa mémoire qu'elle commençait à peine à recouvrer.

De retour du centre de santé, Yanis pris de panique, chercha vainement Aminatou. Il téléphona à ses parents au cas où ils seraient venus la chercher pour passer un moment avec eux; il apprit que ce n'était pas le cas. Ceux-ci inquiets le rejoignirent rapidement et firent le tour des quelques voisins pour demander si l'un d'entre eux n'avait pas vu passer Aminatou. Une voisine dont la maison se situait à l'extrémité du secteur des habitations et proche de la zone forestière, leur indiqua qu'elle avait bien vu passer une femme. Celle-ci avait emprunté le sentier qui menait aux bois. Ils remercièrent la voisine et rejoignirent leur domicile pour appeler les secours.

La police arriva sur les lieux et commença à explorer les abords du chemin boisé. Yanis, ses parents, et quelques voisins, les accompagnèrent dans leur recherche. Ils s'enfoncèrent dans la forêt, mais la neige avait effacé les empreintes d'Aminatou. Il était difficile de pouvoir poursuivre les recherches car il commençait de nouveau à neiger fortement. Les lampes torches ne permettaient pas d'avoir une bonne visibilité. L'officier qui commandait la patrouille prit contact avec le quartier général de la sécurité civile, demanda l'aide d'un maître-chien afin de reprendre les recherches le lendemain. Yanis et ses parents, bouleversés par cet événement, regagnèrent la maison où ils restèrent prostrés ne sachant que faire, sinon attendre.

René fut bien ennuyé avec cette inconnue dont il ne savait que faire. Il devait encore rouler quelques dizaines de kilomètres avant d'arriver à son domicile. Soudain, il eut l'idée de passer par le couvent qui abritait une congrégation de religieuses et qui se trouvait à l'entrée de la communauté de Saint Grégoire. Il connaissait bien la supérieure, Soeur Jeanne. Il lui avait rendu service à maintes reprises en faisant bénévolement des petites réparations d'électricité et de plomberie. L'état d'Aminatou le tracassait. Elle commençait à trembler de tous ses membres, et présentait des signes de faiblesse. Il s'arrêta devant le portail de l'entrée principale du couvent. C'était un havre de paix où régnaient une bonne chaleur et un calme religieux. Hormis le bruit de pas des religieuses qui s'affairaient chaque matin à leur service quotidien en empruntant les grands couloirs recouverts de vieilles dalles cirées, le silence était de rigueur ; seules les incantations des prières le ponctuaient régulièrement.

René arrêta son véhicule devant l'entrée de la bâtisse et actionna la sonnette du couvent. Sœur Jeanne, qui traversait à ce moment-là le long couloir menant au réfectoire, sursauta.

— Qui peut bien venir à une heure aussi tardive par un temps pareil, se demanda-t-elle ?

Elle se dirigea vers l'interphone qui grésillait. Elle entendait le souffle de René luttant contre les flocons de neige qui ne cessaient de tomber. Il se présenta et résuma rapidement la situation à Sœur Jeanne. Elle appuya immédiatement sur le bouton qui contrôlait le mécanisme d'ouverture du portail. René aida Aminatou à descendre. Sœur Jeanne la conduisit à l'intérieur, lui fit traverser le couloir vers une grande salle où trônaient au centre une table rectangulaire en chêne massif sans âge ainsi que d'imposantes chaises. Plaqué contre un mur, se trouvait un grand vaisselier. Bien que le couvent disposât d'un chauffage central, un poêle qui dégageait une chaleur agréable était encastré, dans ce qui devait servir de foyer à une grande cheminée. Soeur Jeanne fit asseoir Aminatou tout près de la source de chaleur.

Elle se tourna vers René, le prit à part et le questionna plus en détail sur cette inconnue.

— Je pense, répondit-il, que cette dame est amnésique. Elle n'est pas capable d'indiquer son lieu de résidence ; elle ne peut mentionner que son prénom et celui de son mari, un certain Yanis. Il serait peut-être nécessaire d'avertir Monsieur le Maire. Peut-être un avis de recherche est-il déjà lancé ?

— Nous aviserons demain, répondit la soeur supérieure. Pour l'instant, le plus urgent, c'est que cette femme soit réchauffée et nourrie. Je vois sur ses traits qu'elle est épuisée. Notre Soeur Margueritte a préparé une bonne soupe de légumes, avec des tartines beurrées et du fromage qui vont lui faire du bien.

Soeur Jeanne reconduisit René au portail, le remercia pour sa générosité et son dévouement.

— C'est naturel ma Sœur, répondit René, je prendrai des nouvelles de cette dame demain. Si vous avez besoin de mon témoignage par la suite, je suis à votre disposition.

Aminatou sentit la chaleur dégagée par le poêle parcourir son corps, ceci lui faisait grand bien. Les religieuses à qui Sœur Jeanne avait transmis la nouvelle de l'arrivée d'une pensionnaire surprise se présentèrent toutes autour de la grande table, saluèrent au passage Aminatou, et s'installèrent pour le dîner. Elles l'invitèrent à prendre place à leur côté. La supérieure, ayant préalablement informé les Sœurs de l'apparente amnésie d'Aminatou, personne ne lui posa de question. Après une courte prière, le dîner fut pris dans un grand silence, on n'entendait que le bruit des couverts qui, de temps en temps s'entrechoquaient au contact des assiettes. Personne n'y faisait attention, chacune était occupée à profiter du repas en groupe, rituel savoureux et apprécié dans la communauté. À la fin du dîner, Sœur Jeanne conduisit Aminatou dans une des chambres réservées aux hôtes de passage. Un lit au-dessus duquel trônait un crucifix, une commode, un bureau et une chaise meublaient la chambre. Le coin toilette était aménagé dans un angle de la pièce séparé par un rideau de tissu. Après lui avoir souhaité bonne nuit, la supérieure s'en alla participer au dernier office monastique de la journée.

Après une légère toilette, Aminatou se mit au lit et chercha un sommeil qui tarda à venir. Elle finit par s'endormir et refit le rêve récurrent du petit garçon qui s'approchait d'elle. Cette fois-ci, elle allait puiser de l'eau à une source à la sortie d'un village. Alors qu'elle s'apprêtait à le toucher, l'enfant disparut comme dans ses rêves précédents. Elle se réveilla tremblante et en sueur. Son réveil coïncida avec l'apparition des premières lueurs du jour. Elle prit son petit-déjeuner avec les sœurs et s'installa devant le poêle. Soudain, elle sentit qu'un liquide chaud mouillait ses cuisses. Elle prit peur et commença à paniquer. Sa mémoire épisodique défaillante ne pouvait lui rappeler qu'elle avait déjà vécu un événement similaire lors d'une grossesse. Elle poussa un petit cri qui fut rapidement entendu par Sœur Bernadette, préposée aux travaux domestiques et occupée à préparer les ingrédients en vue du déjeuner.

Sœur Jeanne accourut, vit la mare d'eau sur le sol et comprit rapidement qu'Aminatou ne tardera pas à accoucher. Elle avait une certaine expérience dans ce domaine. En effet, elle avait passé de nombreuses années à Bamako au Mali où elle avait dispensé des soins aux lépreux. Elle faisait partie d'un groupe de religieuses infirmières qui encadraient le personnel paramédical d'un centre dédié aux malades et leurs familles. Ceux-ci s'organisaient autour de points d'eau, pour cultiver de petites parcelles de terre, élever quelques volailles et chèvres et s'adonner à des travaux de couture et tissage. Sœur Jeanne avait eu l'occasion, à de nombreuses reprises, d'assister les parturientes et d'assurer le suivi après l'accouchement, afin de mener à bien le développement de l'enfant.

Elle prit en charge Aminatou, elle la rassura en disant qu'elle avait mis de nombreux bébés au monde en des lieux lointains et dans des conditions beaucoup plus difficiles. Fort heureusement, l'accouchement ne posa pas de problème et Aminatou mit au monde un beau petit garçon qui pesait trois kilogrammes et demi.

— Tout s'est bien déroulé chère Madame, dit Sœur Jeanne. C'était, je dirais même, plutôt facile. Vous n'êtes probablement pas une primo parturiente ?

— Devant le silence d'Aminatou, elle précisa sa pensée : avez-vous d'autres enfants, Madame ?

— Non, je ne m'en souviens pas.

Sœur Jeanne n'insista pas et poursuivit :

— Dieu est bon, il vous a mis sur notre chemin pour que vous puissiez avoir un beau bébé à l'abri du froid et entre de bonnes mains. Nous prierons pour vous et votre enfant. Il faudra lui trouver un prénom en attendant d'avoir des nouvelles de votre famille, j'espère très bientôt.

À peine avait-elle dit cela que la sonnette résonna, l'interphone grésilla et l'on entendit Sœur Bernadette lancer à haute voix du fond du couloir :

— C'est Monsieur René qui désire prendre des nouvelles de notre protégée et vous parler, ma Soeur.

— Faites -le entrer, répondit la supérieure qui autorisa de ce fait l'ouverture du portail.

René salua Sœur Jeanne. En s'avançant vers Aminatou, il fut ébahi de voir un bébé bien installé dans un berceau juxtaposant le lit où se reposait la maman. Au fil du temps, le couvent s'était équipé du matériel de puériculture nécessaire pour faire face à l'accueil de bébés abandonnés par des jeunes mamans, ou par des parents que les difficultés de la vie avaient conduit à la déshérence. Ils n'avaient plus d'autre choix que de confier leurs petits à la congrégation, qui par la suite les plaçait dans un orphelinat.

René salua Aminatou et la félicita pour le beau bébé et lui fit part, ainsi qu'à la mère supérieure, de ce qu'il venait d'entendre à la radio :

— En prenant mon véhicule ce matin, j'ai allumé mon poste de radio comme à l'accoutumée et j'ai entendu aux informations qu'un avis de recherche avait été lancé. Il signalait la disparition d'une femme enceinte présentant des signes d'amnésie. Je crois que cela vous concerne, Madame, et j'en suis content pour vous. Je remercie Dieu qui m'a mis sur votre chemin pour vous conduire dans ce havre de paix afin de donner naissance à votre petit garçon. Je pense, ma Soeur, qu'il faudrait prévenir Monsieur le Maire, il saura quoi faire.

— Je comptais déjà l'appeler pour lui faire part de l'arrivée de cette dame et la venue d'un nouveau bébé dans la commune. Cette information est la bienvenue, le papa de ce garçon pourra prendre en charge les formalités de déclaration à la mairie.

Le maire informé, fut très vite sur les lieux. Il mit un certain temps à comprendre l'histoire. Il fut surtout intrigué par cette femme amnésique qui débarquait, tout d'un coup, dans cette commune pour laquelle il faisait son possible afin de la rendre sublime de tranquillité, bercée au printemps par une riche faune d'oiseaux. Il imagina l'afflux de photographes et journalistes qui allaient se presser pour rapporter l'événement dans la presse régionale. Il fit état à voix, haute de ses pensées, René et Sœur Jeanne furent tous les deux d'un avis contraire.

— Monsieur le maire, ça sera bien évidemment l'honneur de René et de notre couvent d'avoir secouru cette pauvre malheureuse, rétorqua Sœur Jeanne. Sans cette aide, elle serait morte de froid ainsi que son bébé. Cette action bienveillante sera mise aussi au crédit de notre commune.

Le maire s'excusa et reconnut qu'il n'avait pas vu l'histoire sous cet angle.

Aussitôt avertie par les services de la mairie, la sécurité publique de Trois-rivières annonça la bonne nouvelle à Yanis, qui, en compagnie de ses parents, prit immédiatement la route pour rejoindre la communauté de Saint Grégoire dans la ville de Bécancour. Arrivés sur les lieux, ils trouvèrent assez facilement le couvent. Il n'y avait pas d'attroupement de journalistes comme le craignait le maire. Soeur Jeanne les reçut avec beaucoup de joie et les conduisit auprès d'Aminatou ; le maire et René étaient présents à ses côtés. Les retrouvailles furent d'une grande simplicité, pleines d'un amour qui transparaissait sur les visages d'Aminatou et de son mari. Yanis, ému jusqu'aux larmes, prit le bébé dans ses bras avec beaucoup de tendresse.

Sœur Jeanne demanda alors à Yanis :

— Quel est votre métier, mon fils ?

— Je suis médecin, ma Soeur, plus exactement chirurgien. J'ai exercé pendant quelques années en Afrique, plus précisément en Mauritanie d'où mon père est originaire.

— C'est fort intéressant. Vous savez, j'ai passé quelques années de ma vie dans un centre de soins à

Bamako au Mali à soigner les lépreux. C'est une expérience inoubliable. Dieu a exaucé mes prières, j'ai puisé mes forces dans la foi, pu soigner et apporter un peu de réconfort aux patients, en dépit des conditions de travail extrêmement difficiles.

Le maire prit la parole et insista sur la générosité de tous ceux qui avaient porté secours à Aminatou et lui avaient épargné une mort certaine. De nouveau, les yeux d'Yanis se voilèrent de larmes en s'adressant à l'assistance :

— Je n'ai pas de mots assez forts pour vous exprimer ma profonde gratitude. Je continuerai, tant que je serai vivant, d'apporter mon aide à votre institution. Je pense qu'on appellera notre fils Samy Grégoire, en hommage à votre commune, si sa maman est de mon avis ?

Aminatou, tout en sourire, acquiesça d'un mouvement de tête.

— Certes, voilà une bonne chose et si les grands parents partagent aussi cet avis, je vais de ce pas au service de l'état civil.

— Vous avez notre bénédiction, répondirent en chœur les grands-parents.

Les formalités administratives accomplies, Yanis et ses proches prirent congé des personnes présentes et de Sœur Jeanne qui les accompagna jusqu'à la sortie du couvent. Avant de les quitter, elle demanda à Yanis :

— C'est votre premier enfant, mon fils ?

Après quelques secondes d'hésitation, Yanis aquiesça.

— Alors, prenez bien soin de votre famille, nous prierons pour vous.

Yanis, tout en conduisant sur le chemin du retour, ne cessa de penser à cette dernière question de la Soeur supérieure. Il avait gardé secrète l'histoire d'Aminatou, seuls ses parents avaient été informés. Il fut étonné par la simplicité qu'avait Aminatou à prendre Samy, lui donner la tétée, et le mettre en bonne position sur son épaule pour faire son rôt. Cette tendresse envers ce nouveau-né était certainement en rapport avec la question de Sœur Jeanne, pensa-t-il. Il se remémora les rêves récurrents d'Aminatou poursuivant un personnage qui lui arrachait des bras un enfant. Il se pourrait qu'elle ait déjà été mère d'un ou plusieurs enfants. Il ne parla pas à ses parents de ses questionnements.

Yanis ne voulut plus penser à tout cela et conduisit son véhicule avec prudence car il recommençait à neiger dru. Heureusement, les engins de déneigement constamment en action, rendait la conduite moins dangereuse. Ils arrivèrent chez eux tard dans la soirée. Les parents de Yanis rejoignirent leur domicile et laissèrent le couple installer Samy dans son berceau.

Depuis cet événement, Yanis redoubla de vigilance. Il prit un abonnement de téléassistance, avec bracelet et boîtier d'appel d'urgence. Il expliqua très longuement le fonctionnement du matériel à Aminatou, qui assimila assez rapidement le maniement des appareils.

Le petit Samy grandit bien au chaud, entouré de beaucoup d'amour. Il fit ses premiers pas, puis atteignit l'âge d'aller à l'école. Sa scolarité se déroula de façon tout à fait satisfaisante, il n'y eut pas de crise d'adolescence, ce qui fut un soulagement pour les parents. Il fut cependant très affecté par le décès de ses deux grands parents qui eut lieu à un an d'intervalle, alors qu'il venait d'entamer ses études supérieures.

Aminatou continua à faire ses rêves étranges qui l'emmenaient dans une contrée lointaine avec des personnages enturbannés, des femmes puisant l'eau dans des puits qui soudain devenaient asséchés, des animaux parqués dans une zriba, parc à bestiaux délimité par une plante épineuse ; tout un décor auquel elle n'arrivait pas encore à donner un sens, et au milieu duquel revenait souvent la silhouette du garçon qui s'éloignait dès qu'elle faisait une tentative pour l'approcher. Mais le fait nouveau qui la surprenait est qu'elle percevait de mieux en mieux le visage de ce petit garçon. Elle fit part de ses rêves à Yanis qui commença à s'inquiéter sérieusement d'autant plus que les nuits d'Aminatou devenaient un peu agitées. Il prit la décision de l'accompagner à une consultation d'un de ses confrères, psychologue. Il pensait que des séances d'hypnose pourraient lui permettre d'interpréter ses rêves.

Après quelques séances, un curieux processus eut lieu, des souvenirs jusque-là enfouis dans des brumes opaques prenaient forme. Le petit garçon avait un prénom, Imad. Elle habitait une grande maison en pisé, avait du personnel de maison à son service mais participait elle-même aux tâches ménagères. Un berger revenait en fin de journée parquer les animaux et se faisait servir la soupe du soir. Elle prit soudain conscience qu'elle avait sans doute vécu dans un autre pays, avec peut-être une autre famille. Alors, avait-elle déjà été mariée ? Avait-elle eu d'autres enfants ? Où vivaient-ils en ce moment ? Autant de questions qu'elle se posa et pour lesquelles elle aurait aimé avoir des réponses. Elle décida de ne pas en parler à Yanis pour ne pas l'inquiéter. En dépit de ces soudaines manifestations sur son vécu antérieur, elle réussit à mieux dormir, d'un sommeil calme dont elle avait grandement besoin. Les séances d'hypnose s'avéraient avoir un effet réparateur.

Samy fit de brillantes et longues études de médecine et devint ophtalmologiste. Il exerça sa profession quelque temps au centre médical de Trois-rivières. Il revint souvent dans le couvent de Saint Grégoire qui l'avait vu naître saluer les Soeurs. Chaque visite était un moment de joie pour la communauté. Samy était logé dans un petit studio indépendant et ne partageait pas les repas des sœurs au réfectoire. Il pouvait cependant assister aux offices, ce qu'il a fait une fois, afin de voir comment cela se déroulait. Il eut régulièrement le plaisir de revoir René, le sauveur de sa mère. Ce dernier décéda quelques années après, d'un accident vasculaire cérébral. Samy, ses parents et le personnel de la communauté assistèrent avec beaucoup de tristesse à son enterrement. Sœur Jeanne et Yanis firent des discours émouvants lors de la cérémonie d'adieu au défunt. Ses proches évoquèrent sa grande humanité, une marque qu'il laissait gravée dans la mémoire de la plupart de ses concitoyens.

En dehors de ce triste épisode, Samy savourait à chaque séjour la paix qui se dégageait du couvent, il participait aux travaux de jardinage et s'entretenait volontiers avec les autres membres de la communauté. Il avait en particulier, de longues conversations avec Sœur Jeanne dont le physique, avec l'âge avancé, commençait à décliner. Son esprit était toujours en éveil et elle répondait avec discernement aux interrogations du jeune médecin. Elle savait depuis déjà quelques années que Samy était de confession musulmane, comme son père, sa mère et son grand père paternel. Les retraites de Samy étaient l'occasion de communier avec la nature, de parler avec Sœur Jeanne de paix, de bonté, de douceur, de tempérance et bien d'autres sujets sur le même thème. Les échanges qu'ils avaient les conduisirent à considérer que, en dépit du fait que les différentes religions se distinguaient par des rites qui leur étaient spécifiques, elles partageaient néanmoins, les différentes notions qui constituent le cœur de la spiritualité. Cela aide à se centrer pendant un moment, sur l'âme et l'esprit, afin de prendre conscience qu'il existe autre chose que le monde matériel qui submerge l'être humain, un peu plus chaque jour.

Samy partageait avec Sœur Jeanne la passion de l'humanitaire. Elle faisait le récit de son expérience, notait le dénuement et l'extrême pauvreté dans lesquels vivaient certaines populations d'Afrique. Samy fit part à Sœur Jeanne de son souhait de participer à une action en faveur des populations pauvres.

— Il faudra s'armer de courage mon fils, répondit Sœur Jeanne. Ce sont la plupart du temps des pays en guerre. L'activité de certains groupes terroristes qui se réclament de l'Islam rend l'action des humanitaires périlleuse. L'enlèvement des personnes d'origine étrangère constitue une monnaie d'échange. Le trafic de drogue, d'armes et même d'êtres humains représente une source considérable d'argent pour les malfaiteurs.

— J'ai consulté quelques écrits sur le développement de ces groupes dits djihadistes, ma Sœur. Ce sont en réalité des criminels qui terrorisent les populations civiles. Malgré tout, si l'occasion d'une mission médicale encadrée se présentait, je n'hésiterais pas à m'y associer.

— J'ai encore quelques contacts, je pourrais t'aiguiller le moment venu si nécessaire, répondit Sœur Jeanne.

Quelques jours plus tard, Samy prit congé des membres de la communauté et rejoignit son travail à Trois-rivières.

Quelques mois plus tard, alors que Samy était en consultation, il reçut un appel téléphonique de la gendarmerie lui annonçant que son père avait eu un sérieux accident de la circulation, son véhicule avait été percuté par un poids lourd et il avait été transporté aux urgences de l'hôpital. Il demanda au secrétariat médical d'annuler tous ses rendez-vous, tout en s'excusant auprès des patients. Il se dirigea vers sa voiture et prit la direction de la maison familiale. Il fit part de la mauvaise nouvelle à Aminatou qui se réfugia en pleurs dans ses bras. Il la serra tendrement et ne sut comment la réconforter étant lui-même envahi par un profond sentiment de tristesse. Il était d'autant plus anéanti qu'il sentait approcher l'issue fatale. En effet, il avait contacté par téléphone ses collègues urgentistes qui l'avaient informé de la situation critique dans laquelle se trouvait Yanis. Les graves blessures occasionnées par l'accident ne laissaient pas présager un pronostic favorable.

À leur arrivée à l'hôpital, ils furent reçus par le chirurgien. Il leur annonça, avec beaucoup de compassion, qu'il avait tenté tout ce qui était possible mais qu'il n'avait pas pu le sauver vu la gravité des blessures subies. Samy encaissa le choc avec beaucoup de dignité, mais sa mère perdit connaissance et fut rapidement prise en charge par le personnel médical. Fort heureusement, le retour à un état de conscience normal eut lieu de façon spontanée en fin de journée.

Yanis ne fréquentait la mosquée que pour accomplir la prière du vendredi. Il évitait toute mixité avec des propagandistes de diverses tendances, d'obédience aux frères musulmans ou salafistes. Il pratiquait un islam modéré, sunnite de rite malékite, ni dogmatique, ni sectaire, basé sur la tolérance et rejetait la haine, la violence, l'oppression et l'arbitraire. Il fut inhumé en présence d'un imam, ami de longue date, dont il appréciait les prêches délivrés en français et en arabe, empreints de tolérance et d'amour. Sœur Jeanne en dépit de son âge avancé, accompagnée de quelques membres de la communauté de Saint Grégoire, fit le voyage pour assister à l'enterrement.

Samy et Aminatou vécurent une période difficile. Le souvenir des moments de joie et bonheur partagés avec Yanis et ses parents occupèrent souvent leurs discussions pendant les veillées d'hiver.

IMAD ET SES PÉRÉGRINATIONS

Bien plus tard, Imad eut conscience de la chance inouïe qu'il avait eu d'avoir traversé, sans séquelle psychologique, la période d'instabilité, d'inconfort physique et d'absence d'affection parentale avec une mère disparue et un père accaparé par son commerce. L'école n'était pas non plus un lieu où il pouvait s'épanouir. Certains enseignants faisaient appel aux châtiments corporels. Quelques années plus tard, il eut comme maître, un jeune coopérant français qui usait d'une pédagogie efficace, toute en douceur. Imad devint un des meilleurs élèves de sa classe. Il obtint son certificat d'études primaires et réussit brillamment son examen d'entrée au collège.

Ce fut un tournant pour Imad. Souhaïl décida de l'inscrire au collège d'Atar comme pensionnaire. En dehors d'une première année difficile, non sur le plan scolaire, mais à cause de la rigueur et la discipline de l'internat, les trois années passées dans l'institution furent studieuses et bénéfiques. Il découvrait ce qu'était la vie d'un pensionnaire : une extinction des lumières à heure fixe, une levée tôt le matin, un lit à faire « au carré », sinon le maître d'internat le démontait et tout était à refaire, une distribution des repas à heure fixe, assis à un emplacement fixe avec un « chef » de table chargé de la répartition de la nourriture, sous la surveillance des maîtres d'internat. Toute atteinte au règlement était sanctionnée le plus souvent par une privation de sortie les samedis et dimanches. Durant la première année du collège, Imad passait ses fins de semaines dans les jardins aux abords de la cité.

Avec ses cahiers dans le capuchon de sa djellaba, une longue robe berbère, il s'installait à l'ombre sous les palmiers pour travailler ses diverses leçons. Heureusement, il avait appris à coudre ses initiales sur ses vêtements traités à la blanchisserie de l'internat. Les aiguilles et les fils dont il s'était équipé, servaient à recoudre et réparer de façon sommaire les habits portés lors de la fréquentation des palmeraies qui s'usaient anormalement en raison de la position assise à même le sol. Durant la deuxième et troisième année du collège, il prit un peu d'assurance, put fréquenter les quartiers commerçants de la ville, et plus particulièrement un vieux cinéma populaire. Pour une dizaine d'ouguiyas, la devise officielle de la Mauritanie, il pouvait assister sur des bancs en bois, à la projection de vieux films relatant les guerres de sécession, la conquête de l'ouest avec de vieux films américains et aussi certains films du cinéma indien dans lesquels Dilip Kumar, un des acteurs les plus admirés était la vedette, marquèrent profondément cette période de son adolescence. Il y avait quelque chose de magique et d'émouvant dans cette filmographie qui le faisait rêver.

Le collège avait une toute petite bibliothèque attenante aux salles de classe avec quelques rayonnages. Une fois par semaine, un surveillant d'externat ouvrait une fenêtre qui donnait sur la cour principale, par laquelle on pouvait échanger et emprunter des livres. Les rêveries d'Imad se prolongeaient par la lecture d'ouvrages qui relataient des contes des mille et une nuits, tel celui de Sinbad le marin.

En période de fortes précipitations, l'oued Seguillil charriait des quantités importantes d'alluvions et de troncs d'arbustes. Imad vécut une aventure pleine d'embûches lors d'un des épisodes fortement pluvieux qui coïncidaient avec les vacances de fin du premier trimestre de sa deuxième année de collège. La circulation des véhicules fut interrompue, or les pensionnaires devaient rejoindre leurs familles. Les habitants de la cité qui voulaient se déplacer empruntaient un taxi qui les conduisait jusqu'au fleuve. À partir de la rive, des individus dits ouams ou maître-nageur, ayant une parfaite connaissance du fleuve, de ses méandres, et des endroits les moins profonds, les faisaient traverser avec leur baluchon sur le dos, moyennant rétribution. Sur l'autre rive, des taxis attendaient les clients pour les conduire à leur destination. Ce fut une aubaine pour les transporteurs patentés et ceux qui, pour l'occasion, mettaient en service leur véhicule personnel pour se faire un peu d'argent.

Vu les circonstances, les prix avaient flambé, ce qui n'arrangeait pas les affaires d'Imad. Des cent ouguiyas reçus pendant le trimestre d'un employé de banque, une connaissance de son père, qui assurait une permanence une fois par semaine (le jour du marché) à l'agence bancaire d'Atar et qui avait pour mission de lui verser l'argent dont il aurait éventuellement besoin, il ne lui restait plus que quelques dizaines de pièces. Imad prit son cartable à bretelles, y mit ses cahiers, quelques livres, y glissa un pantalon et une chemise et marcha jusqu'au fleuve. Un des ouams eut pitié du jeune garçon et le fit traverser sans demander son dû. Sur l'autre rive, les taxis continuaient à affluer et chargeaient les passagers qui avaient les moyens de payer. Imad poursuivit sa route à pied. Quelques kilomètres plus loin, il sentit des douleurs aux pieds, il enleva ses chaussures et vit des ampoules déjà formées. Il continua sa marche pieds nus, ses chaussures à la main. La providence fit qu'un minicar qui transportait les voyageurs pour une vingtaine d'ouguiyas, une somme qu'il possédait, passa à sa hauteur et s'arrêta pour le prendre. Il voyagea en position debout, le car transportait plus de voyageurs qu'il n'y avait de places assises. Sur le parcours, Imad entendit, à un moment donné, le chauffeur crier :

— Baissez-vous voilà les gendarmes !

Tous les voyageurs debout obtempérèrent et le véhicule passa le cap sans être contrôlé. Imad arriva à Chinguetti avec encore quelques pièces en poche.

Ce fut une des nombreuses expériences vécues qui forgèrent peu à peu le caractère un peu solitaire et par moments taciturne d'Imad. Mais ceci lui avait fait prendre conscience des difficultés quotidiennes que vivaient les autres enfants dans les oasis distantes de plusieurs kilomètres de l'école, chemin qu'il fallait parcourir à pied matin et soir. Les enseignements au collège étaient dispensés en majorité par des coopérants français. Seul, le professeur d'anglais était américain, il appartenait au Peace Corps : un corps de volontaires civils qui fut créé par le président américain JF Kennedy en 1961, et dont la mission était l'aide au développement. Il se distinguait particulièrement par l'application d'une discipline quasi-militaire, la punition consistait à mettre l'élève, au fond de la classe, mains sur le mur, une jambe pliée, il devait garder cette position jusqu'à la fin du cours.

Cette démonstration de rigueur se manifestait même lors de l'épreuve orale d'anglais. La salle de classe se trouvait au milieu d'un bâtiment central, encadré par deux cours de récréation, filles d'un côté et garçons de l'autre. Lors de l'examen, le jeune Américain mobilisait deux surveillants d'externat dans une cour de récréation. Les élèves parqués dans une cour, rentraient individuellement dans la salle de classe, passaient l'examen, sortaient par une porte qui donnait sur la seconde cour également surveillée par un maître. Il n'y avait donc pas de possibilité de communication entre les élèves pour échanger sur les questions d'examen. Le professeur avait pour habitude de dire :

— Si vous « triiichez ici », vous ne pourrez pas « triiicher là-bas », sous entendu aux Etats-unis. Il pensait probablement que les élèves allaient tous émigrer vers ce pays !

Après son certificat d'études secondaires et son passage en seconde, Imad fut admis au lycée d'Atar. Certains professeurs, coopérants français, qui exerçaient au collège furent affectés au lycée et Imad les retrouva par la suite, en classe de première et de terminale. Il poursuivit sa scolarité en tant qu'interne. Les résultats des études du second cycle secondaire furent honorables. Imad réussit son baccalauréat avec mention. Une bourse d'enseignement supérieur lui fut attribuée pour rejoindre l'université à Nouakchott. Quatre longues et studieuses années furent vécues dans cette ville. Au cours de cette période, son père mourut : bien que celui-ci ne fut pas toujours présent, Imad en fut très affecté et fit longtemps des cauchemars. Par un pur des hasards, Imad fut la connaissance, pendant l'avant dernière année de son séjour à l'université, de trois jeunes Françaises de passage dans cette ville. Il sympathisa avec Léa, la plus jeune des trois. Il s'ensuivit une correspondance régulière, puis de nouvelles rencontres lors de voyages qu'effectua Léa en Mauritanie. Imad pensait souvent avec beaucoup de tendresse à cet échange de lettres. Le courrier était disposé chaque matin sur une table à l'entrée du réfectoire. Les camarades de classe d'Imad eurent l'habitude de voir régulièrement une enveloppe au contour bleu blanc et rouge portant son nom. Ceci devint un sujet de moquerie, Imad fut souvent taquiné par certains de ses amis qui lui annonçaient à voix haute :

— Imad tu as encore une lettre BBR (bleu blanc rouge) !

Il fut invité à venir en France. Il avait en mémoire tous les écrits sur les comportements, les discours, et parfois les crimes racistes perpétrés en France contre des personnes issues de l'immigration. Ces informations avaient un peu brouillé l'image idyllique qu'il se faisait de la France. Il avait appris que c'était le pays des droits de l'homme et du citoyen où la mention « liberté, égalité, fraternité » était bien mise en évidence sur les frontons des mairies.

En dépit de ces cogitations, c'est avec beaucoup d'appréhension qu'il décida à s'envoler vers ce pays dont il avait appris et pratiqué la langue tout au long de sa scolarité. C'était son premier déplacement vers un pays étranger. L'avion avait pris du retard pendant le trajet Nouakchott-Paris. Or il avait prévu de rejoindre Audierne, en Bretagne, en empruntant le dernier train au départ de la gare de Paris Montparnasse. Léa accompagnée de son père l'accueillerait à Quimper. Comme il n'avait pas prévu de dépenses d'hébergement, une certaine inquiétude s'empara de lui. Heureusement, pendant le vol, il avait engagé une conversation avec une personne qui occupait le siège mitoyen. Ce dernier, un ouvrier, originaire de la superbe oasis de Terjit, ne savait pas écrire, et lui avait demandé de compléter sa fiche de police pour l'entrée sur le territoire français. Imad lui fit part de son stress du fait de la correspondance ratée due au retard pris par l'avion, et de son inquiétude quant à son hébergement à Paris dont il percevait du ciel les innombrables lumières. L'ouvrier le rassura :

— Il n'y a pas de souci, mon frère. Tu passes la nuit chez moi et je t'accompagnerai demain jusqu'à Montparnasse où tu pourras prendre ton train pour Quimper.

Les formalités douanières passées, ils regagnèrent Paris avec un ami. Quelle ne fut pas la surprise d'Imad lorsqu'ils arrivèrent dans le logement. Plusieurs ouvriers assis autour d'une table jouaient aux cartes. Après les présentations d'usage, son hôte lui indiqua une petite pièce exiguë où étaient disposés plusieurs lits superposés : cela lui rappela les dortoirs de l'internat du collège et du lycée. Sentant l'embarras d'Imad, son hôte lui dit alors :

— Tu sais, nous travaillons dans les usines Renault à Boulogne-Billancourt avec des horaires décalés, nous vivons dans ce réduit de deux pièces à six personnes, nous nous arrangeons pour l'occupation des lieux. Certains d'entre nous sont mariés, les familles restent en Mauritanie.

Imad avait déjà été sensibilisé sur les conditions dans lesquelles vivaient les travailleurs immigrés de façon générale, dans les années soixante-dix, à travers les échanges au sein du département des sciences humaines de l'université. Il put mesurer le fossé qui existait entre la réalité et la perception qu'en avaient leurs compatriotes en Mauritanie. Ces derniers voyaient les travailleurs immigrés revenir au pays pendant les vacances estivales la plupart du temps avec des voitures chargées d'articles de différentes sortes qui symbolisaient à leurs yeux la réussite et la richesse. Certes, cette main-d'oeuvre représentait une manne de devises considérables pour leur pays d'origine, mais à quel prix. Imad se souvint alors d'exemples de familles où ces longues séparations avaient eu des répercussions néfastes sur les couples et leurs enfants. Il ne fit aucun commentaire à son hôte. Le lendemain, ce dernier eut la gentillesse de l'accompagner jusqu'à la gare Montparnasse en empruntant le métro. Imad fut surpris par ce dédale de couloirs souterrains et la foule qui s'y pressait de façon continue au pas de course. Arrivé à la gare, il regarda le grand tableau d'affichage où il put identifier l'horaire du prochain train pour Quimper. Il remercia chaleureusement son compagnon de voyage et se dirigea vers les guichets.

La rencontre avec les parents de Léa, ses deux frères et sa petite sœur fut plutôt agréable. La première remarque de Jean, père de Léa, un personnage, plein d'humour, fut :

— Je ne le vois pas blanc !

Évidemment, Imad avait le teint de peau hâlé.

Jean était un homme de cœur, avec une générosité débordante, toujours prêt à rendre service. Il était catholique et avait été baptisé. Il recevait souvent les moines à sa table. Il citait souvent sa mère qui lui disait :

— Mon fils, l'amour n'a pas de frontière, ce qui sous-entendait que Léa était libre de choisir qui elle voulait, quelles que furent sa couleur de peau et sa religion. Mais il renchérissait par une phrase pleine de bon sens :

— Ma fille, c'est pour toi user et pour nous regarder !

Imad fut rassuré.

Il n'en fut pas de même des autres membres de la famille. Certains avaient fait la guerre d'Algérie, et avaient un point de vue différent. L'un d'entre eux, policier, n'était plus jamais revenu dans la maison depuis qu'il y avait croisé Imad. Ce dernier eut bien plus tard l'occasion d'entendre, à l'extérieur de ce cocon familial, de nombreux propos racistes et vécut des situations durant lesquelles des réactions de rejet s'étaient manifestées de façon virulente.

Le séjour en Bretagne se déroula dans des conditions agréables. Léa, bien qu'occupée avec sa charge d'enseignante, put aménager du temps libre pour lui faire visiter Audierne et ses environs, Quimper, Douarnenez et son port de pêche, Logronan : une cité médiévale, la pointe du Raz et sa belle côte sauvage, ainsi que plusieurs villages de cette Bretagne merveilleuse. Ils partirent quelques jours dans le nord de la France. Léa voulait lui montrer sa région natale. Imad eut ainsi l'occasion de visiter les stations balnéaires de Wimereux, d'Ambleteuse, et de découvrir les fleurons touristiques de la Côte d'Opale, les deux caps : Blanc-nez et Gris-nez, des paysages d'une beauté remarquable. Du sommet des falaises, où le vent était souvent au rendez-vous et apportait un air iodé et vivifiant, il pouvait apercevoir les côtes anglaises. À Calais, il assista à l'arrivée des ferries qui déversaient leur flot de voyageurs en quête de découvertes. Il eut droit, une fois devant le monument des Bourgeois de Calais, l'une des œuvres les plus célèbres d'Auguste Rodin, à un petit rappel d'histoire de France concernant la guerre de cent ans, le siège de Calais et la remise des clés de la ville.

Il eut l'occasion de se promener dans la ville de Boulogne sur mer, flâner sur le port parmi les étals de poissons fraîchement débarqués des chalutiers et disposés le long des quais, et de visiter une fabrique de faïences à Desvres. Le développement de la faïencerie desvroise remonte au XVIIIe siècle. Sa renommée fut acquise à travers la production de pièces de décor célèbres comme la « Porteuse d'eau » par Vincente Gil Franco, à la manufacture Gabriel Fourmaintraux.

Sur la route de Desvres, au village de Wirwignes, une halte dans une petite auberge où l'on fabriquait du pain cuit au feu de bois permit à Imad de découvrir et goûter une portion de tartes à gros bords préparée de façon traditionnelle et dans laquelle étaient incorporés des pruneaux.

Ce premier voyage en France fut pour Imad tout simplement magique. Il put partager avec Léa des moments de forte tendresse. Le jour de son départ, qui signait une longue période de séparation, fut d'une grande tristesse. Le temps n'était pas clément, un vent glacial et de fortes précipitations balayaient la ville. Ces mauvaises conditions météorologiques participaient à cette ambiance morose. Léa décida de l'accompagner en train jusqu'à Paris. Ils déjeunèrent dans une petite brasserie non loin du Trocadéro. Imad put apercevoir pour la première fois la tour Eiffel. Ils se séparèrent aux Invalides où Imad prit un bus pour rejoindre l'aéroport d'Orly Sud. Quelques effusions de larmes à la montée dans le bus firent réagir le conducteur qui s'adressa à Léa en souriant :

— Pas la peine d'être triste, ma petite demoiselle, il reviendra, croyez-moi !

Cette phrase résonna longtemps dans ses oreilles.

Pendant les vacances estivales suivantes, Léa rejoignit Imad à Nouakchott où ils passèrent des moments mémorables. Il termina son cycle d'études supérieures avec succès. Il opta pour une spécialisation en France. Imad et Léa envisagèrent alors de se marier. Cette perspective bien que, séduisante à leurs yeux, fut également angoissante. Il y avait d'abord la situation matérielle du couple qui était très modeste. Imad n'avait qu'une bourse d'étude pour poursuivre sa formation universitaire, Léa institutrice remplaçante, n'avait que de faibles revenus. Le deuxième souci était le mariage mixte entre un musulman et une chrétienne. Ils décidèrent de faire face à ces écueils tout en sachant que la vie ne serait pas facile. De chaque côté de la Méditerranée, les membres des deux familles ainsi que des proches émirent des critiques acerbes, à l'exception de quelques-uns dont les parents de Léa qui firent preuve d'ouverture d'esprit.

Le mariage civil eut lieu pendant l'été, juste avant la rentrée universitaire, dans un tout petit village de Bourgogne où les parents de Léa avaient gardé l'habitude de séjourner en famille depuis qu'ils avaient été réfugiés dans cette région durant la seconde guerre mondiale. Ils y avaient même fait l'acquisition d'une petite maison qu'ils continuaient de restaurer au fil des années. Seul Messaoud, le demi-frère de Imad, fit le voyage pour assister au mariage qui fut un événement dans la petite bourgade de quelque deux cents âmes. N'ayant pas de connaissance précise des us et coutumes du pays, Imad accepta de se plier à ce qu'on lui présenta comme des traditions.

La première surprise fut l'utilisation d'une calèche qui devait amener les futurs époux de la maison jusqu'à la mairie en traversant le village. La calèche devait être tirée par un vieux cheval de trait appartenant à un paysan, voisin proche, qui prenait la place du cocher avec un habit approprié. Ce qui était assez surprenant c'est que tous les matins, le préposé cocher, arrivait très tôt avec son gros cheval de labour, le faisait entrer en marche arrière jusqu'à la grange où la calèche était entreposée. Il essayait l'attelage afin de s'assurer que son lourd cheval, habitué à tracter des charrues, n'avait pas grossi et qu'il pouvait être prêt pour la fête. Celle-ci fut mémorable, Imad portait un chapeau haut-de-forme, les touristes qui traversaient le village en voiture s'arrêtaient un moment, certains filmaient l'événement. Le soir vers dix-neuf heures, Imad s'étonna de voir les convives déserter peu à peu la salle des fêtes. On lui expliqua que c'était l'heure de la traite, les invités, la plupart des paysans, s'étaient absentés momentanément pour s'occuper de leurs bêtes. Imad comprit aussi, par la suite, que la calèche et le haut-de-forme n'étaient plus d'actualité.

Dans les années soixante-dix, les paysans de cette région de France commençaient à peine à découvrir les perspectives que pouvaient leur offrir la production et la commercialisation du champagne. Certaines demeures restaient sans confort. Le cabinet d'aisances, souvent à l'extérieur du bâtiment d'habitation, consistait en un coin abrité avec un rideau en toile de jute où un trou central entouré d'un encadrement en bois, permettait de faire ses besoins qui allaient directement dans la nature. Un tas de vieux journaux étaient à disposition pour une hygiène très approximative. Imad eut, plus tard, l'occasion de fréquenter un paysan dénommé Norbert, qui refusait de se convertir à la production de champagne, en dépit des revenus substantiels qu'il aurait pu en tirer. Il garda ses petits lopins de terre pour cultiver des céréales, quelques vaches pour la production de lait. Bien qu'il eût l'électricité dans l'étable, son épouse allait traire les vaches avec une torche afin d'économiser, disait-t-elle, sur la facture d'électricité. Imad aida souvent Norbert à rentrer les foins. Il perçut chez ce personnage une bonté de cœur inébranlable et ils devinrent amis. Norbert avait une certaine philosophie de la vie qui le menait à dire souvent que les gens agissaient comme s'ils étaient éternels en oubliant que l'inévitable était constamment suspendu au-dessus de leurs têtes. Et il ajoutait :

— L'essentiel est que, tant que Dieu nous prêtait vie, il fallait faire son possible pour devenir un homme de bien.

La vie reprit son cours, Imad fit les démarches nécessaires auprès d'une université parisienne pour avoir l'équivalence de son diplôme et entama son année pour l'obtention du Diplôme d'études Approfondies (actuellement dénommé Master II), un parcours obligé pour préparer un doctorat. Il prit un abonnement étudiant pour rejoindre Léa qui habitait chez ses parents et exerçait en tant qu'enseignante remplaçante. Il prenait le train à Montparnasse pour Quimper chaque vendredi soir, et faisait le chemin inverse le lundi matin. Trouver un logement à Paris « intra-muros » était déjà très difficile à cette époque. Grâce à une connaissance de la famille qui tenait une épicerie dans le seizième arrondissement, il put avoir l'adresse d'une dame qui cherchait à louer une chambre sous les combles.

Il se présenta à l'adresse indiquée, quelle ne fut pas sa surprise lorsque, après avoir sonné à l'appartement de la propriétaire, une dame d'un certain âge ouvrit la porte et dès qu'elle l'aperçut, la referma immédiatement. Il fut profondément perturbé par cette attitude de rejet sur la base d'un faciès, sans un mot de politesse en réponse à son bonjour. Il comprit alors que dans la France qu'il avait idéalisée à travers son parcours scolaire persistaient des relents de xénophobie. Néanmoins, il repartit dans la rue téléphoner à l'épicier qui lui avait fourni l'adresse. Ce dernier appela la vieille dame qui était une de ses clientes, et lui confirma que c'était bien le jeune homme recommandé par ses soins. Imad se présenta une seconde fois et il fut accueilli sans un mot d'excuse. La propriétaire lui montra très rapidement sa petite chambre dont il prit possession sans commentaire. Il mit son orgueil de côté car les cours devaient commencer le lendemain, il n'était plus question de partir à la recherche d'un autre logement.

La petite chambre de bonne était située au septième étage d'un petit immeuble bourgeois, accessible uniquement par l'escalier de service. Elle était dotée d'un lit, d'une petite table et d'une chaise. L'eau courante et les sanitaires étaient sur le palier, communs aux autres résidents du dernier étage, qui, après renseignements pris, s'avéraient êtres des employés de maisons, pour la plupart d'origine étrangère.

Imad n'eut pas de temps libre pour profiter des nombreux loisirs parisiens. Entre les cours magistraux et son stage dans les deux centres de recherche, l'un à Meudon, l'autre près de Versailles, il passait beaucoup de temps dans le métro et dans le train. Le soir, exténué il se mettait au lit en espérant faire une bonne nuit de sommeil. Le matin, un café soluble et un biscuit faisaient l'affaire pour commencer la journée. Les cours magistraux prirent fin après le premier semestre, et le second fut consacré entièrement au stage pratique et à la rédaction d'un mémoire. Imad trouva ensuite, par le biais des œuvres sociales universitaires, une petite chambre chez un couple de retraités à Meudon. Le stage lui permettait d'avoir une petite indemnité de quelques centaines de francs qui s'avérèrent bien utiles vu ses maigres ressources. Bien que cela puisse paraître invraisemblable de nos jours, cette petite somme lui permettait de payer son loyer, son abonnement de train pour étudiant et ses tickets restaurants. Il n'était pas question d'envisager avec si peu d'argent disponible des sorties au cinéma, au restaurant ou autres. L'achat de vêtements d'occasion se faisait le plus souvent à la friperie de Quimper, où de temps en temps des occasions d'achats d'articles de bonne qualité faisaient son bonheur et celui de Léa. Imad jongla avec les moyens de transport en commun pour rejoindre ses lieux de stage en semaine, et le vendredi la gare Montparnasse pour aller à Quimper qu'il quittait très tôt le lundi matin pour Paris.

Pour le jeune déraciné, cette nouvelle vie fut une période assez difficile mais néanmoins pleine de découvertes, étonnantes à la fois sur le plan travail mais aussi sur le plan relationnel. Son beau-père lui trouva un vieux solex qui lui permit de faire le trajet entre Bellevue et la station de recherche. De Meudon, le train lui permettait de rejoindre Montparnasse. Par temps de pluie et de vent, le solex n'avançait pas, il fallait aussi pédaler pour avancer. Il arrivait souvent mouillé, et il déposait le solex dans le garage des propriétaires de sa petite chambre. Après une rapide toilette, il rejoignait la gare de

Meudon pour son périple en Bretagne. Chaque dimanche, il faisait un petit tour au marché pour acheter quelques limandes et autres poissons frais qu'il livrait le lundi matin au couple de retraités de Meudon. Au début du stage, le patron de la station de recherche le convoqua pour un entretien. Après un bref discours de bienvenue, il lui demanda :

— Tu seras amené à travailler sur des porcs en expérimentation animale et leur distribuer nourriture et breuvage. Est-ce que cela sera un problème pour toi ?

Il répondit assez naturellement :

— Le porc est un modèle animal, qui sur le plan physiologique est proche de l'homme. Il permet d'appréhender les mécanismes physiologiques de la digestion, l'évaluation de l'efficacité, la toxicité et la pharmacocinétique de nouvelles molécules entre autres. J'accepte de travailler sur ce modèle expérimental. Pour être franc, Monsieur, les quelques centaines de francs mensuels seraient d'un grand secours dans mon quotidien.

Sorti de ce bref entretien, Imad resta dubitatif. Certes, la question posée par le patron de la station pouvait paraître comme respectueuse des convictions religieuses éventuelles d'Imad, mais en avait-il ? Comment le responsable de la station pouvait-il à priori lier Imad à la religion musulmane ? Es-ce lié à une physionomie particulière, un lieu de naissance, un prénom ?

Imad eut bien plus tard, diverses occasions de se sentir mal à l'aise devant des regards suspicieux portés sur ceux qui avaient un faciès maghrébin ou noir. Ces réactions, qui dénotaient un rejet de l'autre, étaient plutôt diffuses dans la population et ne s'exprimaient, de façon virulente, qu'à certaines occasions, en particulier, en période d'élections. Quelques décennies plus tard, la crise économique, le positionnement de certains extrémistes religieux, les discours de personnalités politiques stigmatisant les populations d'origine maghrébine ou africaine, avaient libéré la parole xénophobe.

Le stage terminé, Imad annonça son départ au couple de retraités qui en sembla affecté. N'ayant pas eu d'enfants, les deux personnes âgées s'étaient habituées à la compagnie d'Imad qui leur rendait des menus services, en faisant de temps en temps leurs courses ou en allant à la pharmacie chercher leurs médicaments. La livraison de poisson frais tous les lundis n'aurait plus lieu, sujet qui fut l'occasion d'une bonne partie de rires, ce qui atténua l'effet émotionnel qu'engendrait, un peu, le moment de la séparation.

Le DEA obtenu, Imad a pu intégrer une formation doctorale. Léa n'étant pas titulaire, se retrouva sans poste, avec un traitement appelé le quart fixe de quatre cents francs mensuels. Tous deux allaient, dans les champs, glaner des pommes de terre. C'étaient des tubercules de petite taille, laissés sur place du fait qu'ils ne convenaient pas à la commercialisation. Pour eux, elles étaient tout à fait convenables. Ils les stockaient dans la petite cave de leur appartement HLM au milieu d'un parc de nouveaux immeubles à Qimper, qu'ils avaient eu la chance d'obtenir.

Des anecdotes ont jalonné cette période de disette. Jean, le beau-père d'Imad, était chef d'équipe dans une entreprise de plomberie. D'une nature généreuse, il rendait service à tous ceux qui frappaient à sa porte. On faisait appel à lui chaque fois qu'il y avait une panne, une soudure, une installation à réaliser. Il intervenait toujours avec le sourire et gracieusement. Un jour il demanda à Imad de s'habiller en costume cravate. Il avait pris rendez-vous avec le patron d'un grand hôtel qui recherchait un employé saisonnier en restauration. Il voulait présenter Imad pour le poste. Imad sentit le directeur de l'hôtel un peu mal à l'aise. Il finit par dire à Jean :

— Votre beau-fils a trop de diplômes, je ne peux l'embaucher pour cet emploi.

Bien plus tard, à l'évocation de cet épisode costume cravate et trop de diplômes, ils partageaient un moment sympathique de fous rires.

Léa devint maman d'un beau petit garçon, il fut prénommé Hady. Après quelques mois, Léa obtint finalement un poste en remplacement d'une enseignante partie en congé maladie de longue durée. L'école était située à quarante kilomètres de leur habitation, il fallait donc se lever très tôt le matin, conduire le petit à la crèche, ou chez les grands parents lorsqu'il était malade. Il était indispensable de disposer d'un véhicule opérationnel ce qui n'était pas le cas. Le couple possédait une vieille 2CV à embrayage centrifuge. Elle rendait bien des services, mais il fallait régulièrement bricoler le moteur afin qu'elle ne rende pas l'âme. Ceci n'avait pas empêché deux tentatives de vol, les malfrats n'avaient pas réussi à démarrer le véhicule qu'ils abandonnèrent au coin de la rue. Heureusement, un des frères de Léa pratiquait la mécanique automobile, ce qui facilitait les choses : il refit le plancher de la voiture, y plaça des sièges d'une Renault Dauphine, et posa des points de soudure sur les portières qui ne tenaient plus qu'avec une ficelle. Jean, le père de Léa, trouva dans son entourage des enfants qui avaient besoin d'un soutien scolaire en mathématiques, physique et chimie. Ceci fit le bonheur d'Imad qui dispensa des cours ce qui lui procura une petite rentrée d'argent.

Quelque temps plus tard, Léa fut finalement titularisée et Imad eut son titre de docteur es sciences. Le couple resta une vingtaine d'années dans la région. Ils eurent un autre enfant, une fille. Ce fut une période sombre de leur vie où ils fréquentaient souvent le centre hospitalier régional et les services parisiens spécialisés en cardiologie infantile, avec l'espoir que la médecine finirait par faire des progrès et sauver leur fille mais elle décéda à l'âge de cinq ans. Leur énergie et leur attention de tous les instants étaient centrées sur cet enfant malade. Le petit Hady, un peu plus âgé que sa sœur, souffrait en silence. Il fit néanmoins par la suite de brillantes études de médecine.

Imad intégra un institut de recherche pour travailler dans le domaine de l'infectiologie. Il parvint à différents grades et put faire une carrière scientifique. Cela ne fut pas facile. Il fut confronté à maintes occasions, à cause de son origine et de son nom de famille, à la xénophobie, au racisme, à la discrimination. Mais tout cela ne l'empêcha pas d'avancer. Tout cela était pour lui insignifiant au regard de la satisfaction que lui procurait son travail, sa famille et les amitiés qu'il avait pu se forger au contact de personnes chaleureuses, humaines dans sa profession et dans son entourage.

Imad noua des collaborations internationales qui l'amenèrent à voyager hors de France dans plusieurs pays de par le monde. Lors d'un séjour en Suisse, il fit la connaissance d'un responsable de laboratoire qui dépendait de l'organisation mondiale de la santé. Ce dernier lui proposa de se joindre à une équipe médicale composée de différents spécialistes : gynécologue, biologiste, dermatologue, radiologue, dentiste. Cette équipe répondrait à la demande du gouvernement malien pour faire un bilan sanitaire de la population de plusieurs localités bordant le fleuve Niger et proche de Bamako, la capitale. À cette enquête, seraient également associés des membres de certaines organisations non gouvernementales. Imad, accepta la proposition avec joie. Il avait été confronté, lors de son parcours professionnel, à l'étude de maladies infectieuses qui sévissaient dans certains pays d'Afrique de l'Ouest et d'Amérique du Sud. Il savait que les conditions de travail seraient difficiles. Cependant, il était profondément convaincu de la nécessité de participer à cette mission au bénéfice des maliens. Pour lui, les guerres ethniques, la corruption, la mauvaise gouvernance étaient, entre autres facteurs, à l'origine de ces situations humanitaires catastrophiques. Il avait la certitude que les gouvernements de certains pays occidentaux, pour des raisons stratégiques et économiques, et soi-disant au nom du fameux principe intangible de la non-ingérence dans les affaires intérieures de ces pays, avaient fait le choix de fermer les yeux sur les agissements de la gouvernance locale.

LA RENCONTRE

Les hasards de la vie sont étranges. Samy, le canadien, fut de son côté approché par une ONG pour participer à la mission médicale au Mali. Il prit immédiatement contact avec Sœur Jeanne, à qui il avait fait part de son souhait de faire de l'humanitaire. Pour répondre à sa demande, elle avait contacté ses anciennes connaissances. Elle fut ravie des nouvelles qu'elle reçut : ses correspondants à l'Institut Marchoux et l'Hôpital du point G à Bamako étaient encore engagés dans les affaires relevant de la santé publique au Mali. Samy demanda une mise en disponibilité à son institution. Deux collègues de travail l'avaient assuré qu'ils veilleraient sur Aminatou pendant son absence.

Au Mali, Samy fut reçu à l'Institut Marchoux par une ancienne collègue et amie de Sœur Jeanne. Il fut logé au second étage d'un bâtiment central qui abritait au rez-de-chaussée les services administratifs et un cabinet médical de consultations externes. Cet étage était doté de plusieurs chambres individuelles réservées aux visiteurs et stagiaires. Historiquement les missions de l'Institut portaient sur le diagnostic et le traitement des lépreux.

Par la suite, elles furent étendues à la prise en charge des tuberculeux et des sidéens. L'originalité du centre était l'accueil des malades avec leurs familles dans une « cité hospitalière » : celle-ci était composée de plusieurs pavillons autour desquels s'organisait la vie des familles, avec des points d'eau, des ateliers de couture, de vannerie et même des parcelles à cultiver ou à aménager pour l'élevage d'animaux domestiques. Il retrouvait là, la description que lui en avait faite Sœur Jeanne. L'Institut était aussi doté d'un service de chirurgie de la lèpre, celui-ci avait bénéficié d'avancées réalisées par les chirurgiens du corps de santé des armées. Il était devenu un centre de formation et de spécialisation pour des personnels affectés à la lutte contre les grandes endémies, mais aussi pour des stagiaires étrangers.

Samy croisa, en sortant de sa chambre, une jolie jeune femme. Après les salutations d'usage, il apprit qu'elle se nommait Siham, ophtalmologiste dont le père, artiste peintre, d'origine mauritanienne, avait émigré en Suisse depuis de nombreuses années. Elle se trouvait à Bamako pour un séjour d'un an afin d'exercer à l'hôpital point G, tout en assurant des consultations à l'Institut. Il lui fit part de sa participation à la mission médicale, ce dont elle avait déjà été informée. Elle l'invita à faire le tour du domaine, ce qu'il accepta avec plaisir. Il fut étonné par la relative vétusté des installations techniques, par rapport à ce qu'il avait l'habitude de voir dans son institution canadienne. En revanche, il fut agréablement surpris par cette formule d'accueil des malades et de leur famille, et l'entraide qui s'organisait au sein de la cité hospitalière, chose dont on ne pouvait imaginer la mise en place dans un pays occidental. Après avoir fait la visite du domaine, Samy remercia Siham, qui lui donna quelques indications pour rejoindre l'équipe médicale qui était installée à un autre endroit de Bamako, dans une villa aménagée spécialement pour recevoir la délégation médicale. Un grand salon équipé de matériel de projection et de vidéoconférence servirait aussi de salle de réunion. Quatre voitures tout terrain ainsi qu'un véhicule adapté pour l'ophtalmologie et la radiographie pulmonaire étaient mis à la disposition de la mission médicale. Samy sortit de l'Institut, et se mit en quête d'un taxi. Une voiture s'arrêta à son niveau, le conducteur lui fit signe d'approcher :

— Je peux vous déposer en ville, c'est ma destination ?

Samy prit place, il remercia le conducteur qui enchaîna :

— Je m'appelle Amidou, vous êtes de quel pays ?

— Je m'appelle Samy Fadel, je suis canadien, je fais partie d'une mission médicale et je loge à l'Institut.

— Ah ! Vous avez bien de la chance ! Le Canada est un magnifique pays avec sa nature grandiose : les espaces, les forêts, les rivières, les lacs, les parcs nationaux, les magnifiques changements de couleurs en fonction des saisons.

Samy fut étonné de cette description flatteuse, il enchaîna :

— Vous semblez connaître le Canada, vous y avez peut-être vécu ?

-Oui, bien sûr, mais avec une bien triste fin de séjour.

Samy rétorqua, intrigué :

— Mais pourquoi triste ?

— Je tenais une petite épicerie à Montréal. Ma maison juxtaposait le magasin. Un soir, j'étais de sortie avec des amis, en revenant j'ai trouvé un grand attroupement de pompiers, ambulances et policiers autour des restes calcinés du magasin et de la maison. Un incendie, probablement d'origine criminelle, avait tout ravagé. Le pire, c'est que mon épouse et ma fille y ont laissé la vie. Elles reposent, toutes deux, sur le sol canadien. Les responsables, n'ont jamais été identifiés. Je n'avais pas une assurance suffisante, alors, j'ai perdu les personnes qui m'étaient chères et toutes mes économies dans ce désastre.

Samy pensa que la vie était pleine de mystères. Comment se faisait-il que la première personne qu'il rencontrait en sortant du centre soit quelqu'un ayant vécu au Canada, avec une histoire aussi dramatique. Il ne savait quoi répondre. Il essaya néanmoins d'articuler quelques phrases sans trop de conviction souhaitant apporter quelque réconfort à son interlocuteur, il lui tapota l'épaule et lui dit :

— Je suis vraiment désolé pour ce qui est arrivé à votre famille, la vie est parfois cruelle, mais il ne faut pas perdre espoir. Je ne sais si vous êtes croyant, mais songez que votre épouse et votre fille sont, peut-être, plus heureuses au ciel que sur terre.

— Mon bon Monsieur, il y a longtemps que j'ai perdu la foi. Pourquoi Allah a-t-il voulu cela ? Je l'ai pourtant prié tous les jours. Ma fille n'était qu'une enfant, qu'avait-elle fait de mal ?

— Je ne suis pas certain qu'il faille raisonner de la sorte Monsieur Amidou. Je comprends votre douleur, mais nous ne pouvons que nous incliner devant la destinée. Votre fille et votre épouse vous regardent de là-haut et désirent certainement que vous puissiez continuer votre vie tout en gardant leur souvenir dans votre cœur.

— Je ne sais pas Monsieur Fadel, ce que je dois penser de tout cela. Il faut puiser la force quelque part pour pouvoir surmonter sa douleur. Je vous remercie pour vos aimables paroles et votre compassion. Curieusement, votre nom me rappelle une vieille connaissance que j'ai perdu de vue depuis très longtemps. Il se nommait aussi Fadel Lamine. Je l'avais connu aux mines de Zoueirat en Mauritanie, pays voisin où j'ai travaillé pendant ma jeunesse. C'était notre chef en tant qu'ingénieur des mines.

Samy se demanda s'il n'allait pas de surprise en surprise dans ce pays.

— Rendez-vous compte, Monsieur Amidou, c'était mon grand-père, décédé il y a de ça quelques années !

— Mais c'est formidable ! Loué soit Allah, le miséricordieux, qui a fait qu'on se rencontre aujourd'hui. Je peux enfin savoir comment mon ami, Lamine s'est retrouvé dans une contrée lointaine, et a pu fonder une nouvelle famille !

— Vous remarquerez, que vous recouvrez spontanément les paroles vous rapprochant de la foi, qui j'en suis certain est encore solidement ancrée en vous. Nous gardons au profond de nous-même les rites religieux que nous ont légués nos parents et grands-parents. Mais, pourriez-vous me préciser, ce que vous vouliez dire par : a pu fonder une nouvelle famille ? Serait-ce que mon grand père avait une épouse et des enfants avant d'émigrer ?

— Je suis désolé si cela vous a perturbé. Ce dont je peux vous assurer, c'est que j'ai été reçu à plusieurs reprises chez lui. Il était marié à une jeune et belle femme qui s'appelait Zaïnab, née d'une famille noble. Cette famille qui descendait du fier peuple des Touaregs avait abandonné le nomadisme pour s'installer à Bamako.

C'est d'ailleurs l'une des raisons qui nous avait amenés à tisser des liens amicaux et fraternels. J'ai quitté la mine peu de temps après. J'ai appris, par la suite, que sa jeune épouse était décédée d'une septicémie.

— Savez-vous s'ils avaient des enfants ?

— Ce n'était pas le cas lorsque je les avais fréquentés. Je ne sais pas ce qu'il en est advenu après mon départ, et depuis j'ai perdu le contact. Vous imaginez, j'aurais pu revoir mon vieil ami au Canada ! C'est un pays tellement vaste, peut-être qu'Allah n'a pas voulu qu'il en soit ainsi. Je crois qu'il est peut-être temps de rejoindre votre travail. Nous sommes arrivés à votre point de rendez-vous, je vous souhaite un bon séjour dans notre pays. Je vous laisse mon numéro de téléphone, cela me ferait plaisir de vous recevoir chez moi. Une fois votre mission terminée, vous pouvez peut-être rester un moment pour visiter la région. Le pays natal de votre grand-père est limitrophe, on peut y être en quelques heures.

Samy prit congé et se dirigea vers le lieu de réunion. Il fut profondément bouleversé par cette rencontre inopinée et se demanda si la journée ne lui réservait pas d'autres surprises. Chemin faisant, il téléphona à sa mère pour s'assurer que tout allait bien, mais il ne lui fit pas part de sa rencontre. Il était évident pour Samy que personne n'était au courant que son grand-père avait fondé une première famille avant d'émigrer au Canada. Il était absorbé dans ses pensées lorsqu'il arriva à l'entrée de la villa, quartier général de la mission médicale. Quelqu'un lui tapota sur l'épaule, et il abandonna ses pensées.

— Je suis le Dr. Jemilita, coordinateur, j'attends les derniers participants. Vous êtes probablement le Dr. Samy ?

— Oui, c'est bien moi, enchanté de faire votre connaissance. J'arrive de l'Institut Marchoux où je suis logé. Des correspondants de mes proches au Canada m'ont aimablement accueilli.

— Nous allons pouvoir faire le point et partir sur le terrain. Si vous voulez bien rejoindre la salle de réunion, vous y rencontrerez vos futurs collègues et vous y trouverez aussi du café.

Samy entra dans la salle et se présenta aux membres de l'équipe qui, successivement, déclinèrent leur nom et spécialité. Ils furent tous surpris par la ressemblance physique entre le nouveau venu et Imad qui se trouvait en bout de table. Lorsque Samy arriva au niveau d'Imad, il fut surpris par cette étrange ressemblance de nombreux traits de leur visage. Après une brève présentation, il ne put réprimer une exclamation :

— Depuis ce matin, je vais de surprise en surprise.

— Que vous arrive-t-il donc de si surprenant, lui répondit Imad ?

— Figurez-vous que j'ai rencontré un homme, qui au cours de notre conversation m'a appris qu'il connaissait mon grand-père Lamine, originaire de Mauritanie. En arrivant ici, je trouve un miroir qui reflète une image presque identique à la mienne, mon double en quelque sorte. Avouez que c'est surprenant, et un peu inquiétant ?

— C'est vrai que j'ai été moi-même fortement intrigué, en vous voyant entrer dans la salle. Vous savez certainement comme moi, qu'il y a de nombreux exemples de sosies décrits de par le monde. De façon plus générale, le concept du double existe dans de nombreux pays, bien que sa signification diffère en fonction des croyances locales. Pour ma part, je choisirais bien volontiers celle de la tradition judaïque où l'apparition d'un double signifierait un aboutissement spirituel. Je vais vous surprendre un peu plus, figurez-vous que mon identité se ressource en plongeant ses racines dans le monde africain et plus précisément en Mauritanie.

— Cela ne fait que renforcer le sentiment de trouble qui m'habite depuis ma rencontre, ce matin, avec Amidou. C'est quand même un curieux hasard ! Ma mère et mon grand-père paternels sont d'origine mauritanienne. Ce dernier avait interrompu les liens avec son pays depuis son émigration vers le Canada et n'avait jamais parlé de son premier mariage. Mon père Yanis, malheureusement décédé trop tôt, n'a pas su trouver le moment opportun pour me parler des détails concernant sa rencontre avec ma mère, Aminatou.

— Le hasard fait bien les choses, répliqua Imad. À ce stade, nous pouvons partager nos ressentis quant à nos origines africaines.

Imad se revoyait petit garçon, il se remémorait les lieux, les couleurs, les odeurs, autant de choses qui appartenaient à un passé lointain presque irréel.

— Je suis né dans une petite oasis appelée Chenguetti en Mauritanie. Je n'ai émigré en France qu'à l'âge de 23 ans. J'y ai terminé mes études supérieures et trouvé un travail où je me suis épanoui, et puis j'ai fondé une famille. Cela n'a pas été facile, mais à force de courage et de persévérance, j'ai réussi à franchir les obstacles qui, comme vous pouvez l'imaginer, étaient nombreux pour les déracinés sans fortune.

Samy eut le sentiment, qu'il y avait quelque chose d'indicible qui le rapprochait d'Imad. Est-ce que c'était son apparence, son regard, ou son expression ? Cela pouvait être beaucoup plus compliqué, ça pourrait être lié aux bribes de leur histoire, de leur éducation, de leur culture. C'était peut-être quelque chose de plus intime, plus essentiel qui existe au fond de l'âme, une petite voix intérieure, une intuition, un ressenti qui accompagnent chacun de nous en permanence. Il s'apprêtait à poser plus de questions à Imad lorsque le chef de mission lança l'appel pour le départ.

L'équipe se mit en mouvement. Les véhicules prirent la direction de Mopti, ville située au confluent du fleuve Niger et de son affluent le Bani, pour rejoindre le premier village. Des paysages lunaires défilaient devant leurs yeux. De temps en temps, les roues des véhicules plongeaient dans des crevasses secouant fortement les passagers qui s'accrochaient aux sièges et aux barres latérales, pour ne pas basculer sur leurs voisins. La piste n'en finissait pas de serpenter le long du delta intérieur du fleuve Niger. Au détour d'une colline, apparut un bras de la rive gauche du fleuve. La monotonie du paysage fut interrompue par des étendues de terre inondées d'eau qui faisaient le bonheur des populations nomades et sédentaires : pécheurs, éleveurs, agriculteurs s'y rencontraient en fonction des saisons. Sur les îlots de terre, ou en bordure des eaux, s'étaient implantés des villages avec un peuplement sédentarisé.

Le village où devait s'effectuer l'enquête sanitaire se situait de l'autre côté du bras du fleuve. Les véhicules, le personnel et le matériel médical devaient le franchir. Le bac était amarré sur l'autre rive. Deux individus, chargés par la commune de les faire traverser, jouaient tranquillement aux cartes à l'abri d'un arbre. Un infirmier, au fait des coutumes et pratiques locales, vint parler au chef de mission et lui expliqua qu'il faudrait certainement marchander le prix de la traversée pour que les deux compères se décident à venir les chercher. Il se proposa de mener les pourparlers. Il avait une voix qui portait haut si bien que les échanges purent se faire de part et d'autre de la rive du fleuve. Cela prit plus d'une heure, avant que les préposés à la traversée se mirent à manoeuvrer le bac et décident de venir à la rencontre de l'équipe.

Le bac était capable d'embarquer seulement quatre véhicules et le personnel. Un deuxième voyage fut nécessaire pour transporter le camion. Après une heure de piste, le convoi arriva enfin à destination. Le chef du village et ses adjoints accueillirent le groupe et le conduisirent vers un grand espace qui avait été aménagé pour installer les équipements et recevoir les malades. Des faisceaux de bambous attachés réalisaient des séparations qui transformaient l'espace en cellules, faisant office de lieux de consultations pour différentes spécialités : médecine générale, gynécologie, dermatologie, biologie (prélèvements : sang, urine). Le camion transportait le matériel pour les examens d'ophtalmologie et de radiologie. Les équipements furent rapidement installés et les patients arrivèrent par groupes. Un infirmier assurait l'accueil et leur enregistrement.

Samy se rapprocha d'Imad et lui glissa l'oreille :

— Quelle aventure !

— Ce n'est pas fini, répondit Imad, ça ne fait que commencer. Tu verras d'autres choses qui vont te surprendre. C'est très loin des conditions dans lesquelles tu as pu exercer ta médecine. J'ai déjà vu des expéditions semblables en Amérique Latine. C'est extrêmement courageux de venir travailler dans ce contexte, mais c'est aussi tellement valorisant sur le plan humain. Il est temps de rejoindre nos postes, je crois qu'un bilan sera fait en milieu de journée.

Imad rejoignit les biologistes et Samy le cabinet mobile d'ophtalmologie. Ce dernier fut surpris par le nombre de personnes ayant des lésions oculaires. Il interrogea l'auxiliaire médical qui servait de traducteur, celui-ci lui remémora ce dont il se souvenait vaguement pour l'avoir appris lors de ses études : la cécité des rivières. Une mouche appelée « simulie » porteuse d'un parasite, une filaire appelée *Onchoncerca volvulus,* a son site de reproduction près des rivières. Elle peut donc transmettre le parasite par piqûres aux hommes et femmes qui peuplent les villages bordant les rivières, et qui vivent principalement de l'agriculture et de la pêche. Le ver adulte s'enkyste sous la peau et libère des milliers de filaires filles (microfilaires) qui migrent dans le corps en particulier vers les yeux. Les patients développent des lésions oculaires qui peuvent conduire à la cécité, d'où le qualificatif de « cécité des rivières ».

Il y eut un petit intermède où les membres de l'équipe médicale purent manger quelques mets simples (du pain, de fines lamelles de poulet et quelques feuilles de salade), distribués par le préposé à l'intendance. Une bouteille d'eau minérale accompagnait la ration. Certains avaient leurs propres provisions transportées dans des glacières. Des bouteilles thermos de thé et café furent mises à la disposition du groupe qui savoura le breuvage avec plaisir.

Un bilan rapide fut réalisé, et le travail reprit. Ce fut une journée harassante, les dernières personnes ayant été examinées, le camp fut levé et les véhicules se mirent en mouvement. Ils arrivèrent au point de traversée du fleuve où il fallait passer sur la rive gauche. Les passeurs chargés du bac étaient sur la rive opposée. L'infirmier, qui avait mené les tractations pour la première traversée les héla, amorça le dialogue et finit par s'entendre avec eux sur le prix à payer. La traversée se fit sans encombre. Après quelques heures de piste cabossée, le convoi arriva sur la route goudronnée et fila vers la capitale. Plusieurs autres missions furent réalisées dans d'autres localités.

Pendant ce temps, sur un autre continent, Aminatou tenait sa maison en ordre. Les amis d'Imad ont été très présents. Ils prenaient régulièrement de ses nouvelles, l'invitaient pour passer des soirées et partager un repas, la conduisaient de temps à autre au cimetière pour fleurir la tombe de son mari. Elle tentait régulièrement de dialoguer avec l'âme de son cher défunt en racontant ses journées et surtout ses rêves récurrents qui cette fois-ci devenaient de plus en plus précis. Elle semblait retrouver sa mémoire. En effet, l'enfant qui revenait dans ses rêves avait un visage et un prénom : Imad. Elle sentait l'esprit de son défunt mari toujours présent à ses côtés, et elle espérait recevoir un signe qui puisse la guider en ce moment de sa vie.

Aminatou disposa un fauteuil devant sa fenêtre pour regarder la neige qui commençait à tomber en flocons épars. Ces derniers devenaient progressivement plus imposants et le jardin devint soudainement tout blanc. En dépit des échanges téléphoniques qu'elle avait avec Samy qui la rassurait, elle ressentait au fond d'elle-même une certaine appréhension, comme si un danger imminent était en perspective. En effet, elle avait fait un drôle de rêve qu'elle cherchait en vain de chasser de sa mémoire : elle voyait Samy encadré par des marins qui bizarrement voguaient sur une mer de sable. En vain elle cherchait un sens à ce rêve étrange. Elle regarda de nouveau vers la fenêtre pour se détacher de ses pensées envahissantes et reprit son roman, une lecture douce et savoureuse qui lui faisait oublier ses soucis.

Samy et Imad eurent le temps les jours suivants de faire plus ample connaissance. Mais plus le temps passait et plus Samy ressentait que cette rencontre avec Imad était énigmatique. Un soir, il eut une longue conversation téléphonique avec sa mère qui se décida finalement à lui faire part de ses rêves récurrents qui devenaient concrets dans le sens où des noms, des visages et des lieux, lui revenaient en mémoire. Autant de choses qui finissaient par lui faire peur. Samy fut bouleversé lorsque sa mère vint à lui parler de l'oasis d'Ouadane avec des détails similaires à ceux déjà décrits par Imad. Son cœur se mit à battre la chamade lorsque sa mère poursuivit son propos en mentionnant la présence dans ses rêves d'un petit garçon appelé Imad. Le sol se déroba sous ses pieds et il eut la sensation de chuter dans un grand abîme. Il mit fin à la conversation téléphonique avec Aminatou. Il passa une nuit agitée.

Au petit matin, après avoir fait un brin de toilette et absorbé une tasse de café, il prit la décision de parler à Imad. Sur son chemin, il croisa Siham qui s'exclama :

— Tu as mauvaise mine, que t'arrive-t-il ? Trop de fatigue après le travail de terrain ?

— Peut-être bien, répondit Samy. Je n'ai pas réussi à dormir cette nuit, j'espère que ça ira mieux dans la journée. La mission se termine bientôt. Je prendrai quelques jours de repos avant de rentrer au Canada.

Siham lui suggéra :

— Tu devrais faire un tour dans le pays, visiter par exemple Tombouctou, la perle du désert, et peut-être le village Sanankoroba qui est jumelé avec une municipalité du Canada. Ça pourrait t'intéresser pour la suite, si tu envisageais de garder des liens avec les organisations humanitaires impliquées dans le soutien aux populations maliennes.

— Certes, répondit Samy, je connais l'importance historique de Tombouctou à travers mes lectures, mais j'envisage plutôt d'aller en Mauritanie, voir le pays de mon grand-père paternel. J'aimerais me plonger dans l'ambiance locale, car jusqu'à présent, je n'ai eu que des images, des clichés, des descriptions sommaires, ce n'est pas suffisant. Par ailleurs, j'ai quelque chose à éclaircir au sujet de mon histoire familiale.

— Ah, la famille s'exclama Siham ! Je crois que, parfois il ne faut pas trop chercher à comprendre, on peut être déçu. Mais qui sait, peut-être que tu découvriras des choses merveilleuses, en tout cas je te le souhaite. Tu es une personne charmante. Ton dévouement à la cause humanitaire, dénote chez toi un fond généreux. J'espère qu'on aura l'occasion, avant ton départ, de partager un repas. Il se peut que je t'accompagne, si tu me le permets, dans ton voyage en Mauritanie. C'est aussi mon désir de visiter ce pays d'où est originaire mon père. Il n'y est plus retourné depuis qu'il a acquis la citoyenneté suisse. Il a probablement ses raisons enfouies au plus profond de lui-même.

— Je vois que nous sommes tous deux, en quelque sorte, en quête d'identité. Je serai ravi de partager ce voyage avec vous, répondit Samy.

Il sortit de l'Institut et s'apprêtait à faire signe à un taxi lorsqu'une voiture s'arrêta net à ses pieds. Il fit un écart sur le côté persuadé que le conducteur avait perdu le contrôle de son véhicule. Il reconnut tout de suite Amidou.

— Ne vous inquiétez pas, Dr. Samy, lui lança Amidou, je sais que pour vous les occidentaux, la conduite est dangereuse en Afrique de façon générale. Certes, la qualité des voitures laisse à désirer, mais c'est en partie dû au fait que ce sont les rebuts des automobiles européennes qui sont déversés sur nos marchés intérieurs en plein essor, et cela fait le bonheur de certains. La corruption est un fléau généralisé, cela n'est pas en faveur de contrôles techniques sérieux. Mais je vous rassure, je suis un bon conducteur et mon véhicule est en bon état. Montez donc, j'ai une bonne nouvelle à vous apprendre.

— Merci Monsieur Amidou, dit Samy. En ce moment, j'ai la tête un peu ailleurs.

Amidou le regarda d'un air interrogateur :

— Vous n'auriez pas des soucis, j'espère ?

— Rien de bien grave, des questionnements sur l'histoire familiale. J'espère avoir quelques réponses avant mon départ pour le Canada.

Amidou eut un large sourire.

— C'est justement à ce propos que je voulais vous entretenir. En tout cas, je pensais que ça serait une bonne nouvelle pour vous. Souvenez-vous de la discussion que nous avons eue, il y a de ça quelques jours à propos de votre grand-père. Je me suis renseigné pour vous, et j'ai pu localiser la famille de sa première épouse Zaïnab. Je vous laisse leurs coordonnées. Ils habitent le centre ville. J'ai appris que le père de Zaïnab tenait un magasin de tissus, mais vu son âge avancé, il a dû laisser les rênes de son commerce à un de ses fils.

— Je ne voudrai pas que vous soyez en retard à votre réunion. Voulez-vous que je vous dépose Dr. Samy ? J'espère que vous me tiendrez au courant de vos recherches.

Amidou et Samy arrivèrent à la villa, lieu de rencontre des membres de la mission médicale. Samy salua Amidou et lui promit de l'informer de la suite de ses investigations. Il pénétra dans la villa et chercha du regard Imad.

Le bilan de la mission, plutôt positif, fut résumé par le responsable en présence du directeur malien de la santé. Ce dernier prit la parole et remercia chaleureusement les participants pour leur courage, l'ampleur du travail réalisé en dépit des conditions difficiles et pour leur dévouement. Les missionnaires se donnèrent l'accolade, se saluèrent chaleureusement et échangèrent, pour certains d'entre eux, leurs coordonnées personnelles. Des véhicules, mis à leur disposition, conduisirent ceux qui avaient programmé leur départ à l'aéroport. D'autres décidèrent de rester un peu, le temps de visiter le pays.

Samy fit signe à Imad, ils montèrent dans une voiture qui les emmena au centre ville. Arrivés à destination, ils prirent place dans un café et s'installèrent dans un coin à l'abri des oreilles indiscrètes.

— Tu m'as l'air soucieux, lança Imad, que t'arrive-t-il ?

— J'ai une longue histoire à te raconter. La dernière conversation téléphonique que j'ai eue avec ma mère m'a bouleversé, je n'ai pas bien dormi, répondit Samy.

— Je suis à ton écoute, répondit spontanément Imad. Si je puis être d'une aide quelconque, tu peux compter sur moi, tu es un homme de bien. Je t'ai observé tout le long de cette période passée à travailler avec ces pauvres paysans et éleveurs. J'ai eu la conviction que la fraternité et l'altruisme sont profondément enracinés en toi.

— Il faut dire que j'ai été élevé dans une famille croyante, et pieuse. Mon père m'a enseigné l'amour de mon prochain. Le travail sur le terrain m'a en quelque sorte aidé à mettre en pratique ce principe universel et j'en suis très heureux. Mais revenons à mon propos initial poursuivit Samy.

Il fit un récit émouvant de l'histoire de sa famille, de l'émigration de son grand-père de Mauritanie vers le Canada, son mariage avec Marie, sa grand-mère, la naissance de son père Yanis, l'expatriation de ce dernier en Mauritanie pour exercer son activité de chirurgien, sa rencontre et mariage avec Aminatou, une de sa patiente originaire de Chenguetti, et puis sa propre naissance dans un couvent. Une partie de la vie de sa mère, amnésique, est restée énigmatique. Récemment, des rêves récurrents lui font entrevoir des événements qu'elle aurait vécus. Ce qui est surprenant, c'est que dans ses rêves, elle voit un garçon dont le visage se fait de plus en plus précis et son prénom a fini par lui revenir en mémoire et c'est Imad. Cette histoire m'intrigue, tu ne trouves pas cela troublant ? demanda Samy.

Imad devint livide. Son cœur se mit à battre. Le film de son enfance défila devant ses yeux. Il se rappela le mystère qui avait entouré la mort supposée de sa mère : les chuchotements des adultes qui parlaient d'elle, la voyante qui avait raconté à son père qu'Aminatou était encore vivante, une personne proche de sa famille qui racontait avoir vu une femme qui lui ressemblait dans les rues de Nouakchott, son père qui avait fait plusieurs voyages dans cette ville dans l'espoir de la retrouver sans succès. Voilà que cet événement qui s'était un peu estompé au fil du temps, refaisait surface.

Imad, les yeux plein de larmes, dit à Samy :

— J'ai le sentiment que notre ressemblance physique n'est pas fortuite. Il se pourrait qu'on ait la même mère, la mienne s'appelait Aminatou. Je suis ravi d'avoir pu retrouver, par un heureux hasard, un nouveau frère !

Imad fit le récit de la disparition soudaine de sa mère et du mystère qui l'entourait.

— C'est extraordinaire ce que la vie peut réserver, en bien ou en mal d'ailleurs. Dans notre cas, c'est plutôt fantastique, souligna Samy, j'en suis bouleversé. Venir en Afrique et y rencontrer un demi-frère est poignant. Ce que j'ai découvert également dont je ne t'ai pas parlé, c'est que j'ai peut-être des oncles et des tantes du côté de mon père qui vivent ici à Bamako, et que sais-je encore ? En effet, j'ai fait une rencontre surprenante : Amidou, un ami de mon grand-père paternel, m'a appris que ce dernier avant d'émigrer vers le Canada, était déjà marié une première fois à une jeune femme nommée Zaïnab, décédée à la suite d'une septicémie. Par la suite, la famille de cette dernière a émigré de Mauritanie pour s'installer à Bamako. J'ai pu avoir leur adresse par le biais d'Amidou.

— C'est fantastique, notre arbre généalogique, déjà bien dense, va s'enrichir d'autres parents, répondit Imad. Le mieux, c'est qu'on prenne quelques jours, ou plus, pour éclaircir cette histoire familiale. Puisque nous sommes à Bamako, allons d'abord, à la rencontre de la belle famille de ton grand-père, puis faisons un séjour en Mauritanie pour essayer de retracer le parcours d'Aminatou depuis son hospitalisation. Cela fait quelques années, mais on peut toujours espérer retrouver un ou plusieurs témoins qui auraient une mémoire vaillante et qui pourraient nous donner des renseignements utiles. Pour le moment, il vaudrait mieux éviter d'angoisser

Aminatou au téléphone avec tes découvertes surprenantes. J'avoue que j'ai hâte de connaître la vérité, je serai tellement heureux de retrouver ma mère. Je revois ces moments douloureux où j'ai appris, encore adolescent, sa disparition entourée de tant de mystères.

— Je partage ton avis, répondit Samy, je suggère d'en informer Siham. C'est une ophtalmologiste suisse, une agréable personne que je te présenterai. Elle a émis le souhait de visiter Nouakchott. Son père, artiste peintre installé en Suisse depuis de nombreuses années, est d'origine mauritanienne. Mais auparavant, je demanderai à Amidou, un personnage intéressant, de nous accompagner.

Samy appela Amidou qui arriva assez rapidement.

— Bonjour, s'exclama Amidou en serrant dans ses bras Samy et Imad comme s'ils s'étaient quittés la veille. Je suis content de vous revoir Dr. Samy. C'est mon jour de repos, j'ai tout mon temps. Prenez donc place dans ma petite voiture, elle toussote un peu, mais elle me rend bien des services. Alors, où en sont vos recherches ?

— C'est un peu compliqué pour relater toute l'histoire, répondit Samy. Nous aimerions rencontrer la famille de Zaïnab, la première épouse de mon grand père.

— J'ai tout mon temps, mais je crois que je l'ai déjà dit, déclara Amidou. Allons prendre un thé à la menthe chez moi. On pourra parler librement. J'adore les contes de fée, j'ai le sentiment que c'est de ça qu'il s'agit.

— Il y a un peu de ça, répondit Imad.

La voiture démarra et se dirigea vers le point G situé sur une colline qui permettait d'avoir une vue imprenable sur Bamako. Amidou décida de leur faire visiter la maison des artisans, la cathédrale, la mosquée, le musée national et le musée de la femme. Il fut fier de commenter avec aisance la richesse historique et culturelle de son pays malgré qu'il soit un des états les plus pauvres du monde à cause d'une mauvaise gestion des ressources, entre autres. Le bourbier du Nord Mali, le repaire libyen où s'organisent les groupes djihadistes pour élaborer leurs opérations criminelles est à l'encontre d'une stabilité pérenne du pays et de la région sahélienne en général.

Arrivés au domicile d'Amidou, ils furent reçus comme des princes. Ce ne fut pas une simple séance de thé, mais un repas copieux. Amidou ayant annoncé leur arrivée, la visite des sites avait laissé à sa nouvelle épouse le temps de tout préparer. Les invités firent observer à leur hôte que c'était beaucoup d'honneur et qu'il n'était pas nécessaire de déranger sa famille.

Amidou se racla la gorge, eut un regard indulgent pour ses invités, puis commenta :

— L'hospitalité est inscrite dans nos gênes. Elle est attachée à la culture islamique. Le voyageur qui frappe à la maison d'un musulman sera nourri et protégé. Malheureusement, de nos jours, les djihadistes qui agissent au nom de l'islam ont sali cette image. La plupart des occidentaux ne s'informent plus par le biais de l'écrit. L'examen des oeuvres scientifiques, littéraires, artistiques qui permet d'avoir des analyses plus argumentées, est abandonné au détriment d'images d'atrocités qui passent en boucle sur les écrans de télévision et sur les réseaux sociaux. Bref, nous vivons une époque tourmentée et je suis pessimiste sur l'avenir de la planète Terre. S'adressant à Samy, Amidou poursuivait :

— Et si on parlait d'autre chose, par exemple d'aller rendre visite à la famille de Zaïnab ?

Amidou conduisit Samy et Imad au centre ville. L'échoppe du frère de Zaïnab se situait dans une petite ruelle ombragée. Après les salutations d'usage, Amidou présenta les deux jeunes médecins à Knita, le frère de Zaïnab, un homme filiforme portant une barbe épaisse longue et bien soignée. Samy fit état de l'objet de sa visite. À la fin de son récit, il eut juste le temps de retenir Knita qui vacillait pour l'asseoir sur une chaise à proximité, et qui mit quelque temps pour retrouver ses esprits, l'histoire l'ayant profondément perturbé.

Il s'adressa alors à Samy :

— Il y a fort longtemps que ma sœur Zaïnab est décédée. Elle avait un petit nourrisson à peine âgé de quelques mois qui s'appelait Abdallahi. Votre grand-père ne pouvant l'élever seul l'avait confié à mes parents et avait quitté, peu de temps après, les mines de Zouirate pour aller s'installer à Nouakchott. Mes parents étaient des nomades, ils se sont sédentarisés et sont venus s'installer à Bamako. Votre grand-père envoyait régulièrement une généreuse pension alimentaire, puis les mandats nous sont parvenus du Canada, mais sans adresse précise. C'était le seul lien que nous avions et qui nous laissait supposer qu'il était toujours en vie. Il y a quelques années, l'arrivée de mandat s'était soudainement interrompue. Le jeune Abdallahi a grandi entouré de l'amour de ses grands-parents maternels, il n'a manqué de rien et a pu faire des études de droit à Nouakchott. Il a suivi une formation complémentaire en droit maritime en France et a travaillé pour une société de fret et logistique à Nouakchott. Malheureusement, depuis quelques mois, il a cessé de nous rendre visite. Il communique par personnes interposées avec des messages du genre : je vais bien, il n'y a pas d'inquiétude à avoir. Vous comprendrez aisément que les grands-parents soient inquiets de ne pas le voir physiquement. C'est en quelque sorte leur petit dernier qu'ils avaient choyé et vu grandir. Dans leur imaginaire, ils construisent des scénarios plus catastrophiques les uns que les autres et il est difficile de pouvoir les consoler. Abdallahi serait le demi-frère de votre père, son aîné de quelques années, et par conséquent votre oncle. Je suis extrêmement désolé de ne pouvoir vous indiquer où il se trouve en ce moment.

— Décidemment les surprises ne sont pas terminées, reprit Amidou et, avec une pointe d'humour, il ajouta en s'adressant à Samy : peut-être en poursuivant vos recherches découvririez-vous un proche parent en Sibérie ?

L'atmosphère se détendit et les visiteurs se mirent à rire, Knita ne put se retenir de les imiter.

— Je crois que le mieux c'est d'aller dans un pays où il fait chaud plutôt que des contrées où sévit le froid et le gel, renchérit Samy. Dans le pays voisin, la Mauritanie, on peut espérer trouver des réponses à nos interrogations.

Samy et Imad prirent congé d'Amidou et de Knita en les remerciant de leur accueil, et en promettant de les tenir au courant de la suite des recherches de filiation. Ils s'engouffrèrent dans un vieux taxi toussotant et demandèrent au chauffeur de les déposer à l'Institut Marchoux. Ils sonnèrent à la porte de Siham qui les accueillit avec un grand sourire.

— Je suppose, que c'est le demi-frère dont vous avez découvert l'existence dit Siham, en les priant de s'installer à même le sol sur un large tapis en laine tissé main couvert de nombreux coussins en tissus colorés. Imad se déchaussa avant de pénétrer dans le salon de style traditionnel. Il fut imité par Samy.

— Je t'avais fait part de ma quête d'informations sur ma filiation, dit Samy. Ça se complique. Une autre branche de la famille est soudainement apparue. Il fit un récit succinct de la vie de son grand-père et de l'existence de sa première épouse, Zaïnab ainsi que de son enfant Abdallahi. Il fit état de sa décision d'aller en Mauritanie à la recherche de plus amples informations.

— Samy, déclara Siham avec sincérité en lui prenant la main. Vous êtes tous les deux fatigués et bouleversés par tous ces évènements, et vous avez vécu des journées éprouvantes lors de la mission médicale. Le logement qui m'a été attribué est spacieux, vous pouvez vous reposer après un dîner léger. Demain, nous reparlerons de tout cela, car j'aimerais être du voyage, si vous le voulez bien.

Fronçant les sourcils, Samy contempla leurs doigts entrelacés. Siham rougit légèrement et retira doucement sa main. Avec un soupir qu'il ne chercha pas à dissimuler, Samy lui pressa l'épaule, la remercia pour son hospitalité et pour l'intérêt qu'elle portât à leur histoire de famille. Imad assistait à la scène avec beaucoup de discrétion, et une fois resté seul avec Samy, lui dit :

— C'est une charmante personne, je crois que tu lui plais. En plus d'un demi-frère et autres membres de ta famille jusque-là inconnus, la mission au Mali va te faire découvrir ta future compagne !

— Tu vas trop vite, mon frère, rétorqua Samy. On commence à peine à faire connaissance, mais c'est vrai que Siham est une jeune femme sympathique et attachante. Elle a eu la chance d'avoir comme père un artiste de grand talent et une mère très cultivée. Elle a certainement trouvé en eux des guides précieux.

Imad laissa échapper un léger sourire et poursuivit :

— Notre voyage sera pour vous l'occasion de faire plus ample connaissance. Quant à moi, je vais téléphoner à Léa, mon épouse, pour lui faire part de nos péripéties et de notre projet de poursuivre l'aventure en Mauritanie.

Imad fit un long récit à son épouse qui fut extrêmement surprise par cette généalogie qui faisait apparaître des ramifications improbables jusqu'alors, et de surcroît sur plusieurs continents. Elle eut une réaction spontanée :

— Je suppose qu'une fois établi le lien filial, tu voudras partir au Canada. J'informe Hady afin qu'il prenne ses dispositions pour que nous puissions te rejoindre. C'est un grand événement, et nous voudrions partager avec toi la joie de retrouver ta maman. Tiens-moi au courant de la suite.

La fatigue et les émotions, accumulées pendant ces derniers jours, facilitèrent la plongée dans un sommeil profond et réparateur pour les deux frères. Siham, levée la première, prépara le petit-déjeuner. Samy et Imad, une fois leur toilette terminée, la rejoignirent. Ils firent le point sur le voyage en prenant en considération les consignes de sécurité éditées par les ambassades, et décidèrent de voyager par avion de Bamako à Nouakchott. Les préparatifs furent rapides et ils embarquèrent pour le voyage. Arrivés à destination, ils logèrent dans un hôtel sécurisé. Le lendemain, ils rejoignirent le centre hospitalier national où ils purent rencontrer des autochtones, anciens collègues de Yanis, père de Samy, qui se souvenaient très bien de ce jeune chirurgien au sourire affable, qui prenait grand soin de ses patients.

Samy avait souvent entendu parler de Sakina, l'employée de maison mauritanienne. Sa mère ne tarissait pas d'éloges à son égard. C'était Sakina qui avait pris soin d'elle à sa sortie de l'hôpital. C'est donc la première personne qu'il chercha à localiser. Heureusement, le docteur Belkebir, chez qui Sakina avait travaillé après le départ de Yanis, était encore en exercice au centre hospitalier. Il reçut Samy, Imad et Siham avec beaucoup de joie. Il leur apprit qu'il avait été informé du décès de Yanis suite à un fâcheux accident de circulation. Cet événement avait touché profondément tous ceux qui l'avaient connu. Il leur raconta avec plaisir quelques bons moments vécus avec son ami. Il leur apprit aussi que Sakina, du fait de son âge, avait souhaité prendre sa retraite, qu'elle se portait bien sur le plan physique et mental. Il leur indiqua l'adresse de son domicile et leur conseilla de se faire accompagner dans leur déplacement, s'ils souhaitaient faire des excursions dans le pays. Il insista sur le fait que le risque zéro n'existait pas, et que sur le plan sécuritaire, les temps étaient difficiles dans la région. Il leur recommanda un professionnel de ses connaissances à qui il téléphona sur le champ.

Ils furent pris en charge par Hmadou, un accompagnateur très souriant qui parlait le français, l'anglais et l'espagnol. Ils furent ensuite conduits au domicile de Sakina. C'était une vieille dame toute fanée, avec un regard lumineux qui dénotait une intelligence vive : elle les accueillit avec une petite hésitation. Mais lorsque Samy se présenta, elle eut un sourire rayonnant et le prit dans ses bras avec un léger tremblement. Passé ce moment d'émotion, elle les fit rentrer et s'adressa à Samy :

— Mais quelle bonne surprise vous me faites là ! J'ai su le malheur qui a touché votre famille. J'ai été bouleversée lorsque j'ai appris le décès de votre père. C'était un homme de valeur comme on n'en rencontre peu. Il avait, ancré en lui, des idéaux de probité, d'honneur et de sacrifice. J'ai été heureuse à son service et n'oublierai jamais ce qu'il a fait pour moi et ma famille ainsi qu'à des personnes démunies rencontrées à l'hôpital. C'est d'ailleurs, dans son service, qu'il avait fait la connaissance de votre mère, l'une de ses patientes. À sa sortie de l'hôpital, elle a été hébergée chez votre père où j'étais employée. C'était une personne très agréable, j'ai pu prendre soin d'elle avec plaisir. Son état de santé s'était amélioré assez rapidement. Ce n'est que quelques années plus tard, que j'ai appris, en travaillant chez le docteur Belkbir, qu'Aminatou était en réalité originaire de Chinguetti. Au service des urgences de l'hôpital d'Atar, deux patientes portant le même prénom avaient été admises, l'une d'elles décéda, l'autre qui était votre mère fut transférée au centre hospitalier de Nouakchott. Il y eut une confusion et inversion de personnes, et Aminatou a été déclarée morte. C'est un des responsables de l'administration hospitalière qui a découvert l'erreur lors d'un archivage des dossiers de patients. L'enquête qu'il avait menée par la suite, auprès des autorités administratives de Chinguetti et Ouadane, avaient révélé que le mari d'Aminatou était décédé depuis longtemps, et que plusieurs membres de sa famille avaient émigré dans divers pays. Les responsables locaux ont donc considéré qu'il était peut-être inutile d'aller plus loin.

— Je suis vraiment enchantée de votre présence, elle me fait renouer avec une période heureuse et sans souci de mon passé.

Imad prit la vieille femme dans ses bras et la serra longuement. Après cette démonstration spontanée d'une affection sincère, il lui révéla l'objet de leur recherche. Elle répondit avec un grand sourire :

— Je ne suis pas totalement surprise. Dès que je vous ai vu, votre ressemblance physique avec Samy m'a tout de suite interpellée et j'ai imaginé un lien de parenté. Je pense souvent à Aminatou, je la considérais comme ma fille. Je l'ai accompagnée durant sa convalescence pendant de long mois sans relâche, et je l'ai vue chaque jour faire des progrès, j'en éprouvais un grand plaisir et une profonde satisfaction. J'aurais tellement aimé la revoir, il ne me reste probablement pas grand temps à vivre.

— Vous n'en savez rien, répondit Samy, seul Allah le sait.

— Vous avez raison, poursuivie Sakina, mais cela ne change en rien mon souhait de la revoir avant de quitter ce monde. Je prierai pour cela.

— Inch Allah, nous ferons en sorte qu'il en soit ainsi, entonna Samy, qu'Allah entende vos prières.

Samy, Imad et Siham embrassèrent Sakina et rejoignirent Hmadou qui les conduisit à leur hôtel. Ils lui fixèrent rendez-vous l'après-midi pour flâner. Ils purent ainsi aller sur la plage, voir les femmes en boubou qui s'afféraient au déchargement des poissons rapportés directement sur la plage par les pêcheurs. Ils visitèrent également le marché cinquième qui était l'un des plus grands marchés de la capitale. Les marchands de télévisions côtoient des commerces exotiques de tissus multicolores, d'échoppes de bijoux, et celles de denrées alimentaires. Imad et Siham suggérèrent de partir le lendemain jusqu'à Atar, de visiter Chinguetti, lieu de naissance d'Imad, ainsi qu'Ouadane où il avait passé une partie de son enfance. Le plan fut exposé à Hmadou, qui leur déconseilla Ouadane et Chinguetti, une zone d'exclusion militaire. Il ajouta :

— Vous avez raison de vouloir observer le monde au-delà des murs, regarder l'autre de plus près, le côtoyer, essayer de comprendre sa façon d'être, cela fait partie d'une vie accomplie. Cependant, il ne faut pas prendre de risques inutiles, les régions du Nord-Est ne sont pas totalement sécurisées, il faut être prudent.

Hmadou prit en charge la logistique du voyage. Il avait été formé aux règles d'hygiène et de sécurité, avec le souci permanent de satisfaire ses clients. Il équipa les membres du groupe de chèches couvrant la tête et de lunettes afin de se protéger du soleil et des vents charriant du sable. L'atmosphère était lourde, la chaleur torride. Entre midi et dix-sept heures, la ville était presque figée, reposant dans une sorte de somnolence maladive, rappelant ces vieux westerns où les souffles du vent sont les seuls à remuer la poussière, et autres débris qui jonchent les rues. Ils atteignirent Atar après plusieurs contrôles de la gendarmerie, les fiches de renseignements étant déjà préparées, ceci réduisait de façon notable le temps passé pour les formalités douanières. Ils firent quelques courtes étapes pour se désaltérer.

Atar était une ville attrayante, avec son labyrinthe de ruelles et son marché. Hmadou fit un bref exposé historique à ses compagnons. La ville se trouvait à proximité des cités de la foi et du savoir : Chinguetti et Ouadane, et sur la route commerciale du sel. Atar aurait été fondée au XVIIᵉ siècle, par une tribu Smacid qui avait quitté Chinguetti pour s'installer dans cette région de l'Adrar (Chaîne montagneuse en langue berbère), une vallée fertile grâce à l'oued Seguelil. Deux tribus, les Teknas et Oulad Bensbaa avaient la main mise sur une grande partie du commerce de produits en provenance du Maroc et du Sénégal. Imad chercha vainement à localiser les établissements où il avait fait ses études secondaires. Le développement urbain avait changé complètement la configuration des paysages, qu'Imad avait encore présents dans sa mémoire. Il n'était revenu à Nouakchott, que deux fois depuis son émigration vers la France. Néanmoins, il souriait pensivement. Il se rappelait sa jeunesse passée dans la palmeraie à apprendre ses leçons : les couleurs, les odeurs, les saveurs, autant de souvenirs qui lui revenaient en mémoire ! Tout cela était si lointain, presque irréel, lorsqu'il essayait de confronter ses souvenirs au présent de cette ville transformée où régnait une chaleur suffocante. Le chemin du lycée enfin retrouvé, Imad fut surpris par les changements notables qui avaient été opérés dans l'établissement. La ville, de façon générale, avait changé de physionomie. L'aménagement des ruelles avait été entrepris de façon à ce qu'une série d'échoppes soient disposées en vis-à-vis. Toutes sortes de marchandises y étaient exposées : des fruits et légumes, des tissus et habillements, des morceaux de viande disposés à l'air libre sur des plans de travail dallés et carrelés. Des boutiques portant des enseignes tels « écrivain public », ou « Internet », s'inséraient dans cette longue série de commerces.

Samy et Siham furent enchantés par ce qu'ils découvraient. Ils insistèrent pour visiter la petite oasis de Terjit. Hmadou n'était pas en faveur de cette excursion, mais il avait appris que le client était roi, alors il fut contraint de se plier à leur desiderata. La visite de la palmeraie et des environs fut très agréable et éveilla chez les trois jeunes gens, bien que deux d'entre eux n'eussent pas vécu dans ce pays, un curieux sentiment d'appartenance à cette terre. Leur éducation, leur culture, l'histoire de leurs parents, réveillaient en eux ce qui les liaient à leurs origines communes.

Hmadou fit remarquer qu'il se faisait tard, et qu'il n'était pas prudent de rouler de nuit même si Terjit n'était pas très distante d'Atar. Le véhicule prit la route, le crépuscule commençait à couvrir de ses voiles les massifs de grès et les paysages sablonneux. Hmadou alluma les phares de sa voiture. Soudain, il aperçut dans un virage un alignement de grosses pierres qui barraient la piste. A peine eut-il le temps de ralentir qu'un groupe de quatre personnes enturbannées et armées de « kalachnikovs » apparut, deux individus de chaque côté du chemin caillouteux. Ils pointèrent leurs armes vers Hmadou et le sommèrent de descendre du véhicule. Ce dernier obtempéra sachant qu'il n'y avait aucune échappatoire, d'autant plus que le poste de gendarmerie le plus proche était à plusieurs dizaines de kilomètres.

Les passagers et Hmadou furent alignés le long du talus. Il était difficile d'apprécier l'âge des assaillants du fait des voiles qui couvrent la partie inférieure de leur visage. L'un deux, qui probablement commandait l'expédition, lança un ordre :

— Il faut faire vite, avec le jour il y aura une activité sur la route.

Les passagers et le guide furent ligotés et leurs sacs à dos débarqués du véhicule. Ils virent apparaître derrière une dune sept dromadaires comme ceux des Touaregs, des bêtes dressées au silence pour mener des incursions de nuit sans se faire remarquer. Un des quatre agresseurs rassembla les affaires prises dans le véhicule dans un sac en poil de chèvre tissé qu'il accrocha à un des dromadaires déjà lourdement chargés. L'un des ravisseurs dégagea les grosses pierres de la route, et conduisit la voiture en direction d'Atar. Un autre prit en charge Hmadou, le fit monter en croupe de son dromadaire et disparut derrière les dunes.

Le véhicule tout-terrain passa au ralenti devant le point de contrôle de la gendarmerie. Le garde en faction n'avait pas jugé nécessaire de l'arrêter du fait qu'il avait déjà été contrôlé à l'aller. La voiture était supposée ramener les jeunes touristes de leur escapade, elle poursuivit donc sa route sans encombre. Les ravisseurs avaient été renseignés sur le lieu d'hébergement et le numéro de chambre. Le conducteur se présenta à la réception, et sous prétexte que Hmadou était un peu souffrant, il le remplaçait et ses clients allaient rester encore une nuit à Terjit. Il était en charge de les reconduire directement à Nouakchott. Il avait comme consignes, de rassembler les quelques affaires qu'ils avaient encore dans leur chambre et régler la note de leur séjour. Le réceptionniste lui tendit les clés des chambres, et prépara la facture. Le faux remplaçant de Hmadou chargea les affaires dans le véhicule, et donna un généreux pourboire au réceptionniste. Le véhicule disparut dans les brumes matinales de sable soulevé par un vent chaud qui commençait à souffler dans les ruelles de la cité où il n'y avait pas encore âme qui vive. Le tout-terrain s'engouffra dans un hangar où il serait désossé et revendu en pièces détachées.

Le plan concocté par les preneurs d'otages commençait à prendre forme. Le but était de retarder l'alerte et la mise en place des recherches éventuelles. Il fallait brouiller les pistes en faisant croire que les touristes étrangers étaient repartis à Nouakchott, ce qui permettrait ainsi aux ravisseurs et leurs captifs de mettre de la distance entre eux et leurs poursuivants.

La caravane composée de six dromadaires dont cinq bâtés avec de grandes selles en bois recouvertes de cuir et un chargé de bagages et d'outres en peau de chèvre remplies d'eau, étaient baraqués, prêts à partir. Les otages, novices pour ce genre de montures, furent mis en selle. Les bêtes furent raccordées en file indienne, les ravisseurs se positionnèrent en tête et en queue du convoi et s'engagèrent sur la piste. Il n'y eut aucun échange de paroles. Imad fit signe aux autres de ne pas réagir et d'obtempérer. L'agressivité des gestes de l'un des gardes ne laissait pas de doute sur la détermination de leurs agresseurs. Conduisant leurs montures par la bride, les deux kidnappeurs ne s'arrêtèrent pas de toute la nuit : la marche devenait laborieuse pour les otages. Plus d'une fois, ils faillirent chuter du haut de leurs dromadaires, d'autant plus qu'un vent sec soulevait le sable qui flagellait leur visage et crissait entre leurs dents. Ils baissèrent leur litham pour mieux se protéger. Ils se demandèrent combien de temps allait durer cette chevauchée désertique, inconfortable, mais rien ne laissait transparaître dans l'attitude des ravisseurs, une faiblesse dans le rythme de marche soutenue.

De multitudes d'étoiles éclairaient des passages sinueux qui se profilaient entre d'énormes pitons granitiques posés sur un désert de sable. Les kidnappeurs maîtrisaient l'orientation malgré le faible éclairage. L'aube se leva sur une étendue de pierres noires et coupantes et des îlots rocheux se distinguaient à l'horizon. Au fur et à mesure que la caravane se rapprochait des flans abrupts d'un massif montagneux, apparut alors l'entrée d'une grotte. Sans encombre, la caravane franchit son seuil et se trouva dans une galerie suffisamment large et haute pour permettre de circuler aisément.

— On campe ici, fit l'un des ravisseurs qui semblait être le chef.

Ses ordres furent brefs et précis. Les dromadaires furent mis à genoux, déchargés et entravés. Les deux preneurs d'otages s'approchèrent des captifs et enlevèrent leur litham. Le chef était une personne d'une soixantaine d'année, agile et filiforme, avec des traits fins et une barbe soignée. Il avait une denture entretenue par une branchette d'acacia, rangée dans un étui pendu à son cou par une lanière de cuir. Son acolyte était plus jeune, probablement trentenaire, avec une forte carrure, un visage anguleux et un regard inquisiteur.

Le chef annonça, dans un français quasi parfait :

— Je m'appelle El Mâati, mon compagnon se nomme El Bouhali. Les autres camarades, Sidahmed et Abdallahi, nous rejoindront dans très peu de temps. Nous savons qui vous êtes, et c'est assez inattendu d'avoir entre nos mains, en même temps, trois individus de trois nationalités différentes avec des origines mauritaniennes. Vous appartenez en quelque sorte, par vos racines, à cette terre. Je vous conseille fortement de vous tenir tranquille et d'obéir aux ordres qui vous seront donnés.

Un sourire narquois aux lèvres, il lança :

— Que faites-vous en Mauritanie ? Et vous deux, les jumeaux, avec vos passeports de nationalités différentes, vous faites de l'espionnage ?

Samy répondit :

— Nous ne sommes pas des jumeaux, et nous n'avons rien à voir avec une quelconque histoire d'espionnage. Nous sommes avant tout des médecins.

— Ça me paraît un peu léger comme réponse. Nous avons appris que vous posiez beaucoup de questions au sujet de familles habitant Ouadane. Que cherchez-vous au juste ?

Samy et Imad essayèrent alternativement, de raconter leur histoire, le lien familial découvert à la faveur de leur mission, et la confirmation de cette parenté par leur récente rencontre avec Sakina. Quant à Siham, elle souhaitait se joindre à eux pour visiter la Mauritanie, pays dont son père était originaire.

El Mãati n'insista pas plus, mais il fit comprendre aux otages que les soupçons qu'il avait sur leur présence dans le pays n'avaient pas complètement disparu. Il les invita à prier ensemble le fajr (première prière musulmane de la journée) en précisant :

— Puisque vos parents sont musulmans, je suppose que vous avez quelques notions de la pratique religieuse ?

Les hommes se rassemblèrent au coude à coude, El Mâati demanda à Siham de se mettre un peu plus loin derrière les hommes pour accomplir le rituel de la prière qu'il présida avec ferveur. Siham bien qu'étant habituée au rituel qu'accomplissait son père n'était pas elle-même une pratiquante assidue. Une fois la prière achevée, l'un des ravisseurs sortit de la grotte et revint un peu plus tard chargé d'un fagot de bois, alluma un feu dans un recoin abrité du vent et y installa une bouilloire pour la préparation du thé. El Mâati distribua de la viande séchée, des dattes et des galettes de blé. Une guerba et un gobelet furent mis à la disposition du groupe pour étancher leur soif. Assis sur le sable, El Mâati commença la cérémonie de thé : il cassa un grand pain de sucre en morceaux à l'aide d'un marteau en cuivre ouvragé, et il en introduisit quelques morceaux dans la théière. Il remplit plusieurs verres qu'il transvasa dans la théière, ce geste fut répété plusieurs fois afin d'avoir une riche couche d'écume à la surface du liquide. Il considéra alors, que le breuvage pouvait être dispensé dans les verres qui furent ensuite distribués aux membres présents.

Pendant la dégustation du thé chaud et bien sucré, El Mâati engagea la conversation :

— En occident, les informations abondent en ce moment sur les agissements de groupes terroristes dans le monde, et notamment en Afrique. Je suppose que vous êtes inquiets, et vous avez raison. Mais rassurez-vous, nous ne sommes pas des affidés de l'état islamique, ni d'Al-Quaïda au Maghreb, ni d'Ansar Din. La plupart de vos compatriotes ont le regard fixé sur l'écran de télévision et emmagasinent des informations sans discernement. Les images sont réductrices, elles représentent un instantané d'un événement commenté de façon orientée. Les gens ne sont pas en quête d'une connaissance approfondie de l'histoire, par la lecture d'ouvrages ou de documents écrits. Une information en chassant une autre, ce qu'il en reste est un cliché. Dans vos contrées occidentales, le racisme vis-à-vis de l'étranger, maghrébin ou noir, déjà bien enraciné, se focalise maintenant sur le musulman. L'image prédominante est que derrière chaque musulman pourrait se cacher un terroriste potentiel. C'est un stéréotype généralisé à l'excès, par certains polémistes. Il est véhiculé par les organes d'information qui se concurrencent sur le sujet et qui font par ce biais de l'audience. Avec cette haine de l'étranger, ou celui qui est censé l'être du fait de son faciès, je ne comprends pas que vous, qui avez des racines africaines, soyez encore attachés à ces nations qui nous ont asservies, parfois pendant des siècles, et qui continuent à nous considérer comme des êtres inférieurs. Je suis persuadé que, quel que soit votre niveau d'éducation et de formation, vous serez toujours à leurs yeux, des sous-hommes.

El Mâati renchérissait :

— Nous sommes des descendants de respectables Touaregs. Nous subissons des discriminations de la part du gouvernement central du Mali qui menace jusqu'à notre existence, celle de notre langue et notre culture. Nous réclamons notre indépendance. D'ailleurs, ces autorités centrales restent sous l'influence de puissances étrangères. Nous ne ferons jamais de mal à une femme, par conséquent, n'ayez crainte pour votre amie Siham. Chez nous, le respect de la femme est aussi sacré que la loi de l'hospitalité. Notre objectif, c'est de mettre en lumière notre cause sur le plan international, et que vos pays respectifs fassent pression sur nos gouvernements afin de mener un dialogue constructif avec notre mouvement. Mais avant toute considération, nous avons besoin de personnel médical pour notre campement, et notamment un médecin femme pour nos épouses et enfants.

— Rassurez-vous, fit Imad, les revendications de votre mouvement sont bien connues des médias occidentaux. Mais que pourrions-nous faire pour soulager vos populations en absence de médicaments et de structures médicalisées appropriées ?

— Ne vous inquiétez pas pour cela, fit remarquer El Mâati. Nous vous procurerons le nécessaire. Notre territoire est situé à un carrefour stratégique, une zone frontalière virtuelle où circulent des populations et des biens sans contrôle. Par ailleurs, nous avons suivi votre parcours lors de l'action médicale au Sud Mali. Vous vous êtes parfaitement adaptés aux conditions locales. Nous avons une femme qui a exercé très peu de temps comme aide-soignante, et qui maîtrise bien le français et l'espagnol. Elle pourra seconder Siham en tant qu'interprète auprès des femmes, jeunes filles et enfants qui peuplent notre campement. Maintenant, essayez de vous reposer, nous reprendrons notre chemin à la tombée du jour.

Profitant des quelques heures de répit et de moments d'inattention des ravisseurs qui discutaient en aparté, Samy informa ses co-détenus qu'il consultait discrètement une petite boussole dissimulée dans la poche intérieure de sa veste, et qu'il estimait la distance parcourue. Ils cheminaient en direction Est Nord-Est. Il émit l'hypothèse que les kidnappeurs attendraient l'arrivée de leurs complices, les dénommés Abdallahi et Sidahmed, et qu'ils ne bougeraient pas pendant la journée à cause de la chaleur, mais probablement aussi pour éviter d'être localisés. Ils acquiescèrent d'un signe de tête et sombrèrent, allongés sur le sable, dans un sommeil profond.

Au crépuscule, ils furent réveillés par Abdallahi et Sidahmed qui arrivaient sur leur monture. Ils portaient derrière leur rahla plusieurs guerbas, réserves supplémentaires d'eau indispensable. Ils furent accueillis avec joie par leurs comparses. Ils s'éloignèrent un peu de leurs otages pour discuter. Abdallahi informa ses complices que tout s'était déroulé comme prévu. Il n'y avait pas eu d'alerte concernant la disparition de touristes étrangers. Sidahmed signifia qu'il avait libéré Hmadou dans une zone désertique avec une bonne ration d'eau. Il lui faudrait quelques jours avant d'arriver à un campement pour ensuite rejoindre Atar. Le plan semblait fonctionner, les otages étaient censés avoir rejoint Nouakchott par la route. Les autorités mettront un certain temps avant de s'apercevoir de leur disparition.

Les détenus profitèrent de ce moment d'inattention pour échanger leurs impressions. Siham fit part de son soulagement. Au vu de ce qu'on entendait sur les traitements infligés à la gent féminine par les terroristes, elle avait beaucoup de craintes quant au sort que lui réservaient les ravisseurs. Apparemment, ils avaient plutôt besoin de médecins en particulier femme, pour leur campement. Imad et Samy bien qu'approuvant cette hypothèse, mettaient plutôt en avant le fait qu'ils seraient utilisés comme monnaie d'échange politique pour tenter d'obtenir des concessions du pouvoir malien. Quoi qu'il en soit, ils étaient du même avis sur un point : il était impératif de trouver un moyen de s'évader et de reprendre le chemin inverse, surtout que Samy continuait à noter l'orientation et les reliefs pouvant représenter des repères visuels pour le retour.

La nuit était tombée. On apporta aux otages des galettes et des morceaux de viande séchée ainsi qu'une grande calebasse d'eau. À la fin du repas, ils furent conviés à une prière collective, puis le convoi reprit la marche qui dura presque toute la nuit, dans un paysage plat de sable fin. Bien avant la levée du jour, ils arrivèrent dans une large dépression recouverte d'un maigre pâturage entourant un point d'eau. Les dromadaires furent débarrassés de leur chargement, purent s'abreuver et brouter les touffes clairsemées d'épineux qui peuplaient la zone.

El Mâati ordonna le départ. Les dromadaires furent de nouveau bâtés et le groupe se remit en route. Des pierres noires et du sable grossier couvraient un vaste plateau désertique, mais ceci n'altérait en rien le rythme des dromadaires, rompus à ce type de sol. Au lever du jour, une ligne brisée pointait à l'horizon. Un massif rocheux teinté de rouge et ocre devenait de plus en plus distinct, au fur et à mesure que la caravane avançait. El Mâati dirigea la colonne vers un des nombreux couloirs taillés par les éléments de la nature dans le massif. Le vent qui commençait à se lever s'engouffrait dans cet enchevêtrement de ravins donnant naissance à des sonorités angoissantes. Une grotte, dont la vue était jusque-là abritée par d'énormes parois, s'ouvrait devant la caravane. Le groupe réussit à s'abriter juste à temps car une tempête de sable commençait à se lever obscurcissant le paysage. Heureusement, la direction du vent était à l'opposé de l'entrée de la grotte, ce qui permettait à ses occupants d'être à l'abri d'une submersion par les grains de sable.

Il devenait évident que les ravisseurs avaient planifié de se déplacer de nuit et se dissimuler le jour dans des endroits qui offraient des retraites sûres afin d'éviter d'être localisés. Les traces de leur passage durant la nuit étaient vite effacées par le vent. Pendant ce temps à des kilomètres de là, l'alerte avait été donnée. Léa, Aminatou et les parents de Siham n'ayant plus eu de nouvelles, avaient fait appel à leurs ambassades respectives. Ces dernières avaient entrepris les démarches nécessaires auprès des autorités de Nouakchott. L'enquête mena ces dernières à l'hôtel d'Atar où les otages avaient séjourné. Après avoir pris connaissance des déclarations du réceptionniste, ils soupçonnèrent dans un premier temps, Hmadou d'être impliqué dans le rapt des médecins. Après des recherches minutieuses dans l'entourage de Hmadou et ses fréquentations, et leur entretien avec le docteur Belkebir qui avait recommandé le guide aux jeunes touristes, les autorités conclurent que Hmadou avait été vraisemblablement enlevé en même temps que ses clients. Elles furent confortées dans leur hypothèse, quelques jours après. En effet, leurs collègues d'Atar les informèrent que le pauvre Hmadou avait été libéré, qu'il avait réussi, après une longue marche, à rejoindre un campement de nomades dans un état de santé déplorable, et qu'il était hospitalisé, mais que sa vie n'était pas en danger.

Un peloton de gendarmes fut envoyé sur le terrain. Les militaires quadrillèrent sans succès une zone allant jusqu'à Ouadane d'Est en Ouest et du Nord au Sud, à la recherche de traces et d'informations utiles. Ne sachant pas dans quelle direction les ravisseurs se dirigeaient, et au vu de l'avance que ces derniers avaient prise, il était exclu de se lancer à leur poursuite. Le commandant prit contact avec son homologue de l'armée de l'air qui détacha deux hélicoptères afin de couvrir une zone plus large que celle déjà inspectée au sol.

Après avoir survolé des centaines de dunes, de reliefs assez accidentés, même à basse altitude, aucune trace du passage des dromadaires n'était percevable. Le lieutenant qui commandait l'opération se surprit à demander aux pilotes :

— Mais, où se cachent-t-ils ces diables ?

L'un des pilotes répondit :

— Si vous permettez mon lieutenant, je pense que les ravisseurs ont une grande expérience de la région. Ils se déplacent probablement de nuit, et leurs traces sont effacées par le vent. Je crois que nous perdons notre temps et consommons du carburant pour rien, on ne les trouvera jamais.

— Peut-on atterrir sur l'erg, demanda le lieutenant ?

— Oui, répondit l'un des pilotes, mais on risque de ne plus décoller ou d'exploser nos appareils à l'allumage. Il poursuivit en expliquant que le sable pouvait atteindre des températures très élevées, les moteurs n'étaient plus de première jeunesse, ils risquaient la surchauffe. Les trous d'air, les turbulences, des problèmes de démarrage, tous ces facteurs mis bout à bout n'encourageaient pas à se poser. Le pilote du deuxième appareil étant du même avis, le lieutenant n'insista pas. Il prit contact avec son quartier général et exposa la situation au coordinateur de l'opération. Après un court instant de réflexion, celui-ci répondit calmement :

— Écoutez Lieutenant, votre mission était de rechercher les traces des ravisseurs. Vous l'avez accomplie de votre mieux. Ce n'est pas votre faute si vous n'avez pas réussi à les localiser. Rejoignez la base avant qu'une tempête de sable ne perturbe votre vol. Il faut espérer qu'ils vont prendre contact avec nous pour signifier leurs exigences.

Les bruits aigus et puissants des rotors d'hélicoptères qui sillonnaient la zone avaient été perçus par El Mâati et ses compagnons. Ils prêtèrent l'oreille, mais aucune voix humaine n'était portée par le vent. Ils étaient bien inspirés d'avoir choisi cette grotte enfouie dans les énormes parois rocheuses, c'était l'abri idéal. El Mâati eut un sourire en imaginant la tête de leurs poursuivants s'ils soupçonnaient que les ravisseurs et leurs otages étaient juste en dessous de leur position.

Le bruit des appareils s'éloigna progressivement, et ils n'entendirent plus que le sifflement du vent qui traversait les labyrinthes rocheux. Soudain, le vent cessa ramenant le calme dans le magnifique paysage sculpté par les forces de la nature. El Mâati sortit, souleva la tête, le soleil était au zénith. Il balaya l'horizon du regard, il n'y avait pas âme qui vive.

— Je pense que ceux qui nous traquent ne reviendront pas, lança-t-il à ses acolytes. Ils ne vont pas résister au besoin de faire une sieste. Il est temps de donner un peu d'eau et de nourriture à nos détenus. Un peu de repos nous permettra de reprendre des forces pour effectuer durant la nuit la dernière étape qui nous conduira au campement. Mais avant tout, prions.

Ils invitèrent leurs otages à participer à ce recueillement solennel dans cette immensité désertique. La grotte les protégeait de la chaleur intense qui régnait à l'extérieur. Le repas fut rapidement englouti. Une séance de thé s'ensuivit durant laquelle El Mâati et ses complices essayèrent d'entamer une conversation avec les otages.

— Il ne faut pas croire que nous sommes coupés du monde, du fait de notre vie nomade, lança El Mâati. Nous restons en contact avec l'extérieur par divers moyens de communication, y compris les plus modernes, et cela peut vous surprendre. Alors, je suis curieux de savoir pour quelle raison vous trois, ayant des racines africaines, êtes encore attachés à vos pays d'accueil ?

Les trois otages se regardèrent, étonnés par une telle question qui ne semblait pas avoir de relation avec leur situation de captifs. Imad prit la parole et essaya de synthétiser ses réflexions en évitant de froisser son interlocuteur :

— Je pense qu'en dépit de ce rejet envers le maghrébin et l'africain de façon générale, nous jouissons dans nos pays d'une grande liberté. Or, si j'ai bien compris, vous défendez aussi la liberté de votre peuple, c'est une noble cause. Vous subissez des discriminations de la part de votre gouvernement et combattez pour la justice afin que votre peuple puisse prendre son destin en main. Dans nos pays d'adoption, les règles de la démocratie font, qu'en dépit de nombreux obstacles qu'on peut rencontrer sur son parcours, notamment lorsqu'on porte un prénom à consonance arabe, on peut réussir à force de courage et persévérance. Il est vrai, que cela contraste avec ce qui se passe dans les pays anglo-saxons, où l'individu est jugé sur ce qu'il est capable de faire et non sur ses origines ou sa couleur de peau.

Après une période d'hésitation, et voyant que l'atmosphère était plutôt détendue, Imad poursuivit :

— Je peux illustrer mon propos par une anecdote rocambolesque : j'étais en pleine rédaction de ma thèse et devais renouveler chaque année, en tant qu'étudiant, mon titre de séjour. Il allait expirer dans une dizaine de jours, je me présentais donc au commissariat du quartier pour son renouvellement. Le policier jeta un regard dédaigneux sur le titre et me le jeta à la figure en vociférant : revenez quand il sera périmé !

Je n'insistais pas. Après une semaine, je revins au même commissariat, et ô surprise, je fus reçu par un officier de police qui m'invita à m'asseoir. Il examina les justificatifs et me dit :

— Mais Monsieur, vous êtes marié à une Française et de surcroît vous avez un enfant. Vous avez droit à un titre de séjour de résident privilégié de dix ans et une carte de travail.

— Je n'en croyais pas mes oreilles. Le plus inattendu, c'est que quelques jours auparavant, j'avais eu une proposition d'embauche. Or il me fallait justement cette fameuse carte de travail pour prétendre à un recrutement. Vous voyez, on peut aussi rencontrer des gens honnêtes qui portent haut les valeurs de justice, d'humanisme et de générosité.

— L'exemple que vous citez reste exceptionnel. Nous sommes bien informés sur l'état de la ghettoïsation, des discriminations et du racisme que subissent les populations immigrées, notamment ceux de confession musulmane, qui représentent aujourd'hui la bête noire de vos concitoyens. Vous aurez beau essayer de vous assimiler tout en assumant vos particularités, vous aurez en face de vous des réactions discriminatoires. Il ne faut pas oublier qu'il y a eu plus d'un siècle de colonialisme et que plusieurs générations de nos peuples ont été des sujets d'empires coloniaux qui se sont partagé l'Afrique. Les populations indigènes ont été considérées comme des êtres inférieurs, et cet héritage est encore bien inscrit dans l'esprit des occidentaux. Il faudrait reprogrammer le subconscient de quelques centaines de millions d'individus pour les débarrasser de leurs mauvaises habitudes.

Pour nous, le rapport avec le désert est quelque chose d'héroïque, poursuivit El Mâati. C'est l'un des lieux sur terre où les conditions de vie sont extrêmement difficiles. Mais notre récompense, c'est justement notre singularité, et la possibilité de contempler à tout moment et en toute sérénité, la pureté et la majesté du désert. Nous utiliserons tous les moyens que nous avons, y compris la lutte armée, pour conserver cette liberté.

Au coucher du soleil, El Mâati ordonna à ses partenaires de se préparer à évacuer la grotte. Les montures furent très vite prêtes, le paquetage rassemblé et bien arrimé au dromadaire de bât. L'ambiance étant plutôt détendue, les otages participaient aux préparatifs. Ils se mirent en route. Sortis des longs labyrinthes rocheux, ils abordèrent un reg de sable fin. La nuit fut moins chaude et une légère brise de vent véhiculait un peu de fraîcheur. D'innombrables étoiles éclairaient l'étendue désertique à perte de vue. L'absence de lumière parasite donnait l'impression que le ciel était à portée de main. La marche se poursuivait dans un silence absolu prompt à la méditation et à la recherche d'une paix intérieure.

À l'aube, le paysage avait changé. Le terrain rocailleux était coupé de gorges granitiques vers lesquelles s'orienta le cortège. Une immense vallée se profila et offrit un décor plein de végétation qui contrastait avec les grands regs. On entendit le murmure de l'eau qui coulait des interstices rocheux. Soudain, à l'horizon apparurent les premières tentes des nomades. Le bruit des animaux parvint jusqu'à la caravane dont l'arrivée annoncée avait mis le campement en effervescence. Les échanges de formules de salutations durèrent assez longtemps.

El Mâati s'adressa alors aux otages :

— Nous vous invitons à la prière commune.

Il les mena à un terrain de sable délimité par un alignement de cailloux peints en blanc avec une niche en demi-cercle occupée par une personne âgée qui présida le rituel. Ce dernier terminé, le groupe se dispersa et une jeune femme vint conduire les otages sous une tente nomade (khaïma) qui leur était réservée. L'ameublement sous la tente était sommaire, composé de tapis de laine tissée recouvrant des nattes réalisées en fibre végétale et de coussins de cuir colorés. Diverses autres affaires étaient entassées dans un coin de la tente : un bât de dromadaire, une meule à moudre le grain, des plats où l'on prépare le couscous et des coffres en bois garnis de clous en cuivre. Un rideau en tissu séparait l'intérieur de la khaïma en deux zones pour permettre à Siham de s'isoler. Il semblait évident que tout avait été prévu pour accueillir les otages. Cette tente devait héberger une famille qui avait été probablement installée ailleurs.

Ce qui intrigua les captifs c'était de savoir comment les gens du campement avaient su qu'il y aurait une femme parmi eux. Samy leur rappela la conversation avec El Mâati concernant les moyens de communication. Les ravisseurs étaient au courant du parcours des otages depuis leur séjour au Mali. En dépit de l'incertitude concernant leur devenir, Imad se remémora les merveilleux moments qu'il avait vécus, adolescent, avec son demi-frère Massoud lors de leur séjour dans le désert. Il fit part de ses souvenirs à ses co-détenus qui furent ravis d'écouter ses aventures sahariennes. Ils furent étonnés et en même temps soulagés que les ravisseurs aient adopté une attitude plutôt avenante envers eux. Ils n'avaient subi aucun mauvais traitement et semblaient même jouir d'une certaine liberté, sans gardien planté devant la khaïma qui aurait surveillé leurs mouvements. Mais à ce stade, ils étaient conscients aussi qu'ils n'iraient pas bien loin et qu'une tentative d'évasion nécessiterait une longue préparation.

Une jeune et belle femme se présenta avec un large plat en bois rempli de semoule, arrosée d'une sauce contenant comme seuls légumes, des pois chiches et des oignons, et au-dessus de laquelle trônaient plusieurs morceaux de viande de caprin. Une grande jarre de lait fermenté et une série de cuillères en bois accompagnaient le plat. On leur apporta de l'eau et un récipient pour se laver les mains. Imad expliqua à ses compagnons que l'hygiène représentait une étape importante. Il fallait se laver les mains et se rincer la bouche, avant et après le repas, ainsi s'opérait en quelque sorte la bénédiction de la nourriture. Après avoir subi un régime de dattes et de viande séchée pendant le voyage, les otages apprécièrent grandement leur repas. Ils furent ensuite invités à la séance de thé qui eut lieu dans une tente montrant un certain degré de raffinement dans l'ameublement, c'était celle du chef, El Mâati. Plusieurs membres du campement vinrent assister au cérémonial et s'assirent en cercle autour d'El Mâati qui présidait la séance.

El Mâati s'adressa aux otages :

— En dépit de l'influence de l'islam, et contrairement à la pensée occidentale dominante en ce qui concerne nos sociétés, vous remarquerez que nos femmes sont rieuses, libres d'allure et de langage. Elles ont l'esprit pratique et représentent la stabilité. Elles jouissent d'une pleine autonomie et jouent un rôle central, non seulement dans la conduite des affaires quotidiennes, mais également culturelles. Elles participent aux fêtes, aux danses, s'adonnent à l'artisanat et à la musique. C'est généralement pendant nos veillées, autour d'un feu de camp, que s'expriment leurs élans poétiques et musicaux. Les fêtes sont des moments privilégiés pour les rencontres entre les jeunes qui aboutissent parfois aux mariages. J'espère vous convaincre que la vie que nous menons ici n'est pas aussi triste que vous pourriez le penser. Souvenez-vous du grand homme que fut Théodore Monod, un amoureux inconditionnel du désert.

Tout en arborant un large sourire, il poursuivit :

— Peut-être vous déciderez-vous, après quelque temps parmi nous, de suivre l'exemple de ce grand homme et développer un amour du désert. J'ai cru comprendre que Samy et Siham sont célibataires, ils pourront faire la connaissance des jeunes du campement, et peut-être pourrions-nous dans l'avenir célébrer des mariages ?

Les otages échangèrent des regards ahuris, ne comprenant plus très bien où voulait en venir leur interlocuteur. Siham fut prise de panique, essayant tant bien que mal de ne pas montrer son désarroi. Partir en voyage pour découvrir le pays d'origine de son père, loin de sa Suisse natale verdoyante, et se retrouver mariée dans le désert malien, était une perspective à laquelle elle n'avait jamais pensé.

Pour faire baisser la tension et apaiser les esprits, Samy s'étonna que plusieurs personnes du campement comprissent la langue française. El Mâati lui rappela, sans animosité, que le colonialisme avait laissé des traces, la première étant la langue. En dépit des apparences, insista El Mâati, plusieurs personnes ici présentes, ont déjà séjourné dans des pays étrangers. Moi-même, j'ai fréquenté la Sorbonne et passé quelques années à l'université d'Al Azhar en Egypte. L'exemple d'Abdallahi est également édifiant à cet égard. Vous n'auriez pas imaginé qu'il avait un Master de droit, et qu'il avait pu suivre une spécialisation en droit maritime en France. Il a fait le choix d'épouser notre cause et soutenir la lutte pour la liberté et l'autonomie de notre peuple.

Samy devint blême et jeta un regard interrogateur à ses compagnons. Il eut le sentiment que ses co-détenus partageaient le même questionnement : Serait-il en face d'Abdallahi, fils de Zaïnab dont leur a parlé Knita, et par conséquent son oncle ?

Décidemment, les surprises n'étaient pas terminées, comme dirait Amidou. Fort heureusement, l'atmosphère se détendit lorsqu'une personne vint chercher El Mâati pour des problèmes d'intendance. Mais avant de partir, il annonça aux détenus qu'ils devaient, dès le lendemain, se préparer à faire le bilan sanitaire des membres du campement. Une grande khaïma a été dressée et aménagée pour que les trois médecins puissent mener leurs consultations. Siham serait assistée par une femme qui avait quelques notions d'aide-soignante. Sidahmed, ne parlant pas bien le français, ne pouvait assurer une bonne traduction, il accompagnerait Imad qui maîtrisait l'arabe. Quant à Samy, Abdallahi l'accompagnerait comme traducteur. Cette annonce fut reçue avec soulagement par les otages car ils commençaient à se morfondre. Au moins, ils occuperaient leur temps à une activité utile : procurer des soins aux patients du camp.

Ils rejoignirent librement leur tente non sans avoir fait un tour dans le campement. Ils furent surpris de voir non loin de là, des véhicules garés au fond de dépressions, recouverts de bâches. Des couches de sable les dissimulaient d'une éventuelle observation aérienne. C'était la preuve que les membres du groupe pouvaient également se déplacer de façon plus rapide, en empruntant des véhicules motorisés. Siham fit remarquer à ses compagnons qu'elle avait senti l'odeur de gasoil dans l'une des grottes où ils avaient bivouaqué. Il s'agissait donc, de cachettes où les ravisseurs devaient faire le stockage de carburants, et peut-être aussi d'eau pour se ravitailler lors de leurs mouvements. Arrivés sous la tente, ils décidèrent que Samy essayerait de dialoguer avec Abdallahi afin d'obtenir des renseignements sur ses origines.

Tôt le lendemain, ils furent réveillés par El Mâati en personne. Après un bref petit-déjeuner composé d'un bol de lait, encore chaud, tout juste sorti des mamelles d'une chamelle, accompagné de dattes, les otages furent conduits sous la grande tente aménagée pour les consultations. Ils furent impressionnés lorsqu'ils découvrirent une pharmacie dotée de divers médicaments (antiseptiques, collyres, bandelettes adhésives, pommades, anti-inflammatoires, analgésiques), ainsi que du petit matériel médical (tensiomètre, stéthoscope, thermomètre, pansements, matériel à usage unique).

La première journée fut longue et difficile. Il fallait établir un rapport de confiance entre les médecins, les traducteurs et les patients et vaincre leur pudeur physique. Néanmoins, des fiches furent élaborées pour chaque individu et les examens cliniques menés à bien. Plusieurs enfants souffraient de maladies diarrhéiques, heureusement non sanglantes. La thérapeutique à base de solutions de réhydratation orale était disponible, mais n'était pas utilisée jusqu'alors par manque d'information. Elle fut donc appliquée dans les cas de déshydratation avérée. Dans d'autres situations, des solutions d'eau de riz ou de sel et de sucre, furent prescrites. Une réunion fut organisée avec la population et les traducteurs pour mettre l'accent sur les méthodes de prévention. Une meilleure hygiène personnelle et domestique devait reposer sur l'accès à une eau de boisson salubre bouillie pendant au moins cinq minutes pour détruire les parasites, les virus, et les bactéries pathogènes : l'eau ainsi traitée devrait être stockée dans un récipient propre et hermétique.

Samy, convaincu qu'Abdellahi était le fils de Zaïnab, et de ce fait son oncle, eut de nouveau une pensée attendrie pour Amidou que la providence avait mis sur son chemin au moment de son arrivée à Bamako. Après un échange de points de vue avec ses compagnons, Samy pensa que leur évasion serait facilitée s'ils bénéficiaient d'une complicité interne. Il fallait donc qu'il poursuive, avec délicatesse, les échanges avec Abdallahi afin de l'informer de leur lien de parenté. Abdallahi lui semblait être une personne sensible avec un sens impérieux de la justice, ce qui expliquerait vraisemblablement son adhésion au mouvement de lutte pour la liberté. Il y avait donc une chance de pouvoir le convaincre de les aider.

Les jours suivants furent passés à soigner, quant cela était possible, les patients du campement. Siham fut appelée à deux reprises sous les tentes, pour réaliser des accouchements inopinés qui se déroulèrent sans complication. Elle donna des conseils pour prendre soin des bébés, conseils traduits à chacune des mères. Elle ressentit une fierté d'avoir mené à bien la naissance de nouveaux-nés, futurs nomades, et se sentit heureuse d'avoir vécu une expérience intense dont elle se souviendrait longtemps. Ce n'était pas dans sa Suisse verdoyante qu'elle aurait pu vivre ce type d'expérience. La seule ombre au tableau était cette épée de Damoclès que représentait la captivité en plein désert.

Samy profita d'une longue période de pause pour converser avec Abdallahi, à l'abri des regards.

— Vous êtes Mauritanien, mais avez de la famille à Bamako, si je comprends bien, lança Samy ?

— Oui. Mais, cela fait bien longtemps que je ne les ai pas vus, répondit Abdallahi.

— Je peux vous assurer qu'ils vont bien.

— Ah bon ! fit Abdallahi, en affichant un sourire interrogateur.

— Il n'y a pas lieu de sourire, vous savez ! Nous avons eu l'occasion de nous entretenir avec votre oncle Knita dans sa boutique à Bamako. Il reçoit de vos nouvelles de temps en temps, mais vos grands-parents se font vieux et s'inquiètent beaucoup pour vous.

Samy crut qu'Abdallahi allait avoir un malaise tellement il fut troublé. Il lui tendit un gobelet d'eau que ce dernier avala d'un trait.

Après quelques minutes de silence, Abdallahi reprit ses esprits, regarda en direction de Samy et lui demanda :

— Mais comment diable savez-vous que Knita était mon oncle, et dans quelles circonstances l'avez-vous rencontré ?

— C'est une longue histoire, une situation rocambolesque, répondit Samy. Il fit alors le récit de son voyage depuis le Canada : des rencontres inattendues, d'abord celle d'Imad qui révélait leur lien de parenté, puis d'Amidou qui l'avait renseigné sur l'existence d'un premier mariage de son grand-père paternel, et enfin, la poursuite de sa quête d'informations sur sa filiation qui lui avait permis de voir Knita lors de son séjour au Mali.

Abdallahi s'affaissa, les genoux posés au sol, dans une attitude de prière, la tête entre les mains.

— Certes ! Je ne m'attendais pas à cela en me joignant à mes camarades nomades. Bien que je sois orphelin de mère, et que mon père soit parti vivre ailleurs, je n'ai pas été privé d'amour. Mes grands-parents m'ont en donné beaucoup, et voilà que je me découvre être l'oncle d'une personne qui vit à des milliers de kilomètres, sur un autre continent, et qui de surcroît est mon otage. Avouez qu'il y a de quoi tomber à terre. Je suis ravi de savoir que je suis votre oncle, mais convenez avec moi que la situation est incroyable.

Abdallahi poursuivit :

— Je me suis investi dans des associations, notamment contre l'esclavagisme qui bien qu'il ait été aboli par notre constitution, continue encore à être pratiqué dans certaines zones sahariennes. Pour moi, il ne s'agissait pas d'avoir des convictions tout en restant à discourir devant de grandes assemblées sur des nobles idéaux. Il ne sert à rien de croire à la justice, l'égalité et la liberté dans l'abstrait. Il faut mettre ses idées en pratique. C'est pour cela que j'ai rejoint mes collègues du Nord Mali, en mettant au service de leur cause mon expérience et mes réseaux dans le tissu associatif.

— C'est une noble cause, mes compagnons et moi-même sommes convaincus de la justesse de votre lutte, fit remarquer Samy.

— J'ai observé que vous aviez travaillé avec dévouement ces derniers jours dans le campement, nota Abdallahi. Vous êtes tous passionnés par votre métier, il va falloir trouver une issue favorable à cette histoire d'otage. Je vais vous aider, mais il faudra s'armer de patience. El Mâati, Sidahmed et El Bouhali vont bientôt s'absenter pour se rendre à la frontière libyenne, j'aviserai à ce moment-là. En attendant, je vous conseille de vous intégrer dans les familles, sans trop attirer l'attention, en participant aux activités quotidiennes du camp tout en continuant à prodiguer vos soins aux malades. Il serait temps d'apprendre à manipuler un harnachement et une selle, à bâter un dromadaire, à allumer un feu et à vous positionner sur la monture. J'essayerai de mon côté, de faire en sorte que nos hommes et femmes vous facilitent la tâche.

Samy rapporta la bonne nouvelle à ses codétenus. Abdallahi était disposé à les aider à organiser leur évasion. Il fallait donc faire le jeu de l'intégration, qui de toute façon était nécessaire pour pouvoir, au moment propice, prendre la fuite.

Les jours suivants, Samy, Imad et Siham mirent leur plan à exécution et se rapprochèrent des nomades. Malgré les difficultés de communications langagières, l'utilisation d'une gestuelle appropriée, permit la compréhension, et donc une meilleure interaction avec la population.

L'islam qui a uniformisé les coutumes, les comportements et la religiosité des Sahariens, n'a pas bouleversé complètement certaines particularités observées chez les nomades. Bien que fidèles aux enseignements de la religion, ces derniers semblaient prôner l'égalité des sexes. Les femmes jouissaient d'une liberté absolue, ne se voilaient pas le visage et choisissaient leurs futurs époux. Les trois otages n'eurent pas de difficulté à fraterniser et participer aux différentes tâches, notamment celle qui consistait à s'approvisionner en eau. Il fallait aller la chercher loin dans la vallée, là où elle s'écoulait en filets fins des interstices rocheux. De petites retenues avaient été aménagées pour faciliter sa collecte. Le coin était abrité du soleil, et le contact de l'eau procurait une sensation délicieuse de fraîcheur. Siham put faire une toilette sommaire. Elle fut ravie de rapporter cette information à ses compagnons qui, à leur tour, firent de même. Ils lavèrent aussi leurs vêtements qui ne mirent pas longtemps à sécher.

Siham participa également à la collecte de bois pour la cuisine. Il fallait se déplacer assez loin du camp pour en trouver. Elle prit part à la confection du pain. Elle fut étonnée par la dextérité avec laquelle les femmes travaillaient la pâte, puis disposaient des pierres plates sur le sable pour y déposer les galettes qui cuisaient au soleil. Samy accompagna à la tombée de la nuit des femmes qui prenaient en charge la traite des chamelles. Lorsqu'elles lui servirent du lait, il se souvint du conseil d'Imad et eut un petit sourire, en serrant les dents pour filtrer le liquide chaud avant de l'avaler.

Imad sympathisait avec le chamelier, un dénommé Rahman, qui très content de voir que les trois médecins s'intéressaient à son activité et fut ravi de leur apprendre les ficelles du métier. Imad servit, la plupart du temps de traducteur. La première notion à assimiler était de savoir ménager sa monture. Il ne fallait pas hésiter à voyager à pied pour la soulager. Rahman mit quelques semaines à leur enseigner comment mener, soigner et bâter correctement un dromadaire. Ils firent quelques exercices pratiques qui malgré la présence de jeunes enfants qui chahutaient autour d'eux, s'avérèrent efficaces. Ils eurent droit aussi à quelques indications sur la position des étoiles pour pouvoir s'orienter la nuit. Ils apprirent également comment repérer les points d'eau et les maigres pâturages qu'offrait le désert. El Mâati et ses compagnons ne faisaient plus attention aux otages, hormis lors des séances de thé et des prières communes.

Dans le camp, les mêmes scènes se répétaient, les gestes s'enchaînaient sans précipitation, avec dextérité, dans un recueillement silencieux que semblaient imposer les immenses étendues désertiques. Un jour, alors que les trois compagnons contemplaient un merveilleux coucher de soleil, Abdallahi vint les informer qu'El Mâati et ses acolytes partaient le lendemain pour la frontière libyenne.

— Soyez vigilants, insista Abdallahi. Je vous ai préparé en cachette plusieurs guerbas qu'il faudra remplir, la source est sur votre chemin. Un sac de dattes est déjà dans votre khaïma ainsi que des galettes de blé, tout cela est à suspendre aux flancs des montures. Couvrez vos visages avec les chèches, et n'hésitez pas à marcher à pied pour soulager vos bêtes. J'ai fait en sorte que des selles soient entreposées près de l'enclos où sont parqués les dromadaires. Les trois plus dociles seront baraqués et entravés. Essayez de partir tard dans la nuit, je sais que Samy a une boussole, allez toujours en direction de l'Ouest. Ne parlez pas de ma présence ici, tout ce que je vous demande c'est de faire parvenir le message suivant à ma famille :

— Tout va bien, je serai bientôt parmi vous.

— Je vous souhaite bonne chance.

Les trois otages attendirent tard dans la nuit, jusqu'à ce qu'aucun son ne fut perceptible dans le campement. Ils sortirent en file indienne, les chiens les ayant reconnus, restèrent silencieux et ne manifestèrent aucune réaction hostile. Les montures furent vite préparées, leurs blatèrements, bruit habituel pour les habitants du camp, furent noyés dans celui de leurs congénères présents dans l'enclos. Ils se faufilèrent en prenant la direction de la source où ils remplirent les guerbas. La caravane, Samy en tête, se mit en chemin. Ils traversèrent le fond du vallon, creusé par l'oued à sec, où les talus étaient bordés d'une végétation épineuse. Le substrat rocheux affleurait par endroits de quelques mètres. Les millions d'étoiles, qui scintillaient dans le ciel, et une timide lune, éclairaient les passages sinueux. Quelques heures plus tard, ils gravirent une pente assez raide qui déboucha sur un erg, un plateau dénué de relief. Ni buisson, ni lit d'oued asséché n'étaient visibles dans la pénombre qu'offrait la nuit. Ils firent halte quelques minutes pour que Samy puisse consulter sa boussole. Le terrain étant suffisamment plat et recouvert de sable grossier, les montures peu alourdies, ils purent les lancer au petit trot pour gagner de la distance. L'aube se leva sur une immensité sableuse où affleuraient des pitons granitiques, à l'horizon apparaissaient des reliefs montagneux. Le froid nocturne fit place à un réchauffement rapide. Ils décidèrent de traverser cette étendue désertique avant qu'elle ne soit chauffée à blanc, en espérant trouver un peu d'ombre près des montagnes.

Au loin, ils aperçurent un large défilé bordé par une faible végétation. Ce fut une joie de voir apparaître, au pied de la structure rocheuse, une petite mare ombragée autour de laquelle on pouvait encore distinguer de nombreuses traces de pas de dromadaires qui s'étaient abreuvés. Ils trouvèrent l'endroit bien abrité et rafraîchi par une petite brise qui leur permit de retrouver une respiration plus légère. Les trois évadés firent s'agenouiller leurs méharis. Samy sortit plusieurs poignées de dattes d'une sacoche de cuir qu'il distribua à ses compagnons. Ils absorbèrent un minimum d'eau, car il fallait éviter de boire dans la journée pour ne pas transpirer immédiatement et en perdre le bénéfice. Adossés à leurs dromadaires, ils essayèrent de calmer les battements de leur cœur, d'éviter de bouger pour économiser l'eau, et ils se concentrèrent sur leur respiration afin de retrouver un contexte propice à un peu de sommeil. Ils savaient qu'ils avaient un répit de quarante-huit à soixante-douze heures avant qu'El Mâati et ses acolytes, une fois de retour de leur déplacement, décideraient de se mettre à leur poursuite.

Au coucher du soleil, après avoir laissé leurs dromadaires s'abreuver dans la mare et brouter la végétation clairsemée qui poussait dans cette dépression où subsistait une certaine humidité, ils reprirent leur chemin, toujours en direction de l'Ouest. Ils ne s'arrêtèrent que quelques instants pour étancher leur soif à nouveau. Ils traversèrent un champ de dunes éclairées par les étoiles. La marche devenait pénible lorsqu'il fallait gravir le sable meuble pour continuer vers l'Ouest. Il fallait alors descendre et tirer les méharis.

À l'aube, les dunes s'estompèrent et firent place à une étendue formée par le lit d'une rivière asséchée, au bord de laquelle étaient alignés une série d'arbustes qui délimitaient une zone ombragée. Ils décidèrent de faire une pause afin de se protéger du soleil qui commençait à pointer ses rayons ardents et de s'alimenter. En dépit de la chaleur étouffante, ils se remirent en route, l'avance qu'ils prendraient laisserait les poursuivants éventuels loin derrière eux. Les méharis avaient bu et brouté longuement la veille, ils avaient emmagasiné des réserves suffisantes pour tenir un long trajet. À la fin de la journée, ils aperçurent au loin quelques points noirs qui devenaient de plus en plus précis à mesure qu'ils avançaient. Ils distinguèrent alors un campement nomade, ils hésitèrent longtemps pour décider s'il fallait le contourner ou s'il fallait y aller et demander de l'aide. Ils optèrent pour cette dernière alternative. Une dizaine de khaïmas composaient le campement, et plus loin plusieurs zribas étaient occupées par de nombreux caprins et ovins. Au loin, des dromadaires entravés étaient en liberté, broutant paisiblement la maigre végétation qui parsemait le sol.

Ils remarquèrent un véhicule de la gendarmerie mauritanienne, stationné non loin du camp. Ils eurent des sentiments mitigés, partagés entre soulagement et inquiétude. Imad entama alors le dialogue en arabe et expliqua leur aventure. Ils furent reçus avec gentillesse, les deux gendarmes, qui, par un heureux hasard, effectuaient leur ronde dans le secteur, se présentèrent et les félicitèrent. Cela faisait longtemps que leurs supérieurs attendaient un signe des ravisseurs.

Par la station radio embarquée, l'un des deux gendarmes se mit rapidement en contact avec le centre opérationnel pour donner la bonne nouvelle. Après une longue conversation avec ses collègues, il comprit que ces derniers considéraient qu'il n'y avait pas lieu de chercher à localiser le campement des kidnappeurs.

Puisque les otages avaient pris de l'avance, il serait vain d'envoyer des forces aériennes ou terrestres pour appréhender les ravisseurs, qui vraisemblablement, avaient déjà déménagé.

Un agneau fut sacrifié, les convives furent invités à prendre place autour de thé accompagné de brochettes fumantes. Ce fut un régal pour les évadés, astreints jusque-là à se nourrir de dattes et galettes. Un groupe de jeunes et belles femmes, coiffées de fines tresses, accompagnées d'une musicienne qui jouait d'un violon à une corde, prirent position sous la tente. Elles entonnèrent une série de chants qui relataient des faits sociaux locaux et la philosophie de la vie dans le désert. Le campement bruissait d'allégresse, un groupe de jeunes gens dansait autour d'un feu à l'extérieur de la khaïma.

Tard dans la soirée, après avoir récupéré leurs affaires personnelles, les trois ex-otages accompagnés des gendarmes, prirent congé de leurs hôtes, ils durent abandonner avec regret leurs méharis aux bons soins des nomades qu'ils remercièrent chaleureusement. Ils furent conduits à Atar où ils embarquèrent à l'aéroport pour Nouakchott. Ils furent reçus par les autorités mauritaniennes en présence des représentants consulaires de leurs pays respectifs. Après un long entretien avec les services de renseignements, ils furent conduits au département de médecine interne de l'hôpital militaire sous bonne escorte, puis à l'hôtel où ils purent enfin joindre, par téléphone, leur famille respective afin de les rassurer.

Les jours suivants, ils furent pris en charge par leur consulat afin de faciliter le rapatriement dans leur pays. Samy et Imad souhaitèrent rendre visite à Sakina.

— Mais je ne vous quitterai pas après cette aventure, lança Siham. Je viens avec vous.

Sakina fut ravie et soulagée de voir qu'ils étaient en bonne santé. Elle était au courant de leur enlèvement, et avait pris connaissance des bulletins d'informations annonçant leur évasion.

— Quel soulagement, dit-elle ! J'imagine l'inquiétude de vos familles. J'ai beaucoup pensé à Aminatou depuis votre dernière visite. Je sens le poids de la vieillesse, mais j'espère la revoir avant de quitter ce monde.

— Rassurez-vous, nous pensons revenir bientôt, inch Allah, répondirent simultanément Samy et Imad.

Sakina eut un large sourire. Elle embrassa avec émotion les trois médecins qui eurent beaucoup de peine à la quitter.

Une fois dans la rue, Samy s'adressa à ses compagnons :

— Il faudrait peut-être transmettre le message d'Abdallahi à sa famille. Nous avons tenu parole en omettant de parler de lui et de l'aide qu'il nous avait apportée lors de notre entretien avec les services de renseignements. Sans doute espère-t-il rejoindre sa famille de façon définitive le plus vite possible.

Arrivé à l'hôtel, Samy téléphona à Amidou qui, lui aussi, était au courant de leur enlèvement et très inquiet pour leur santé tant il connaissait les difficultés de survie dans le désert pour un non-initié. Il fut heureux du dénouement. Samy lui transmit le message d'Abdallahi à faire suivre à ses parents, sans donner de détails.

— À force de chercher à compléter votre arbre généalogique, vous vous êtes retrouvé en plein milieu du désert, docteur Samy, poursuivit Amidou ! Prenez soin de vous, j'espère que vos dernières péripéties ne vous empêcheront pas de revenir, chez nous.

La veille de quitter la Mauritanie, les trois compagnons de captivité se retrouvèrent enfin ensemble devant un bon repas. Ils partagèrent la notion qu'ils avaient eu beaucoup de chance. En dépit de l'angoisse qui les avait tenaillés par moments, ils avaient vécu une expérience inoubliable, une partie d'eux-mêmes resterait pour toujours captive du désert. Soudain et de façon spontanée, Siham leur suggéra :

— Et si on se fixait un prochain rendez-vous à Trois-rivières au Canada ?

Les deux demi-frères se regardèrent avec étonnement, puis Samy lui rétorqua :

— Mais, tu rentres en Suisse voir tes parents qui sont morts d'inquiétude, et qui n'ont toujours pas compris pourquoi tu te retrouvais dans le désert Mauritanien mêlée à cette histoire, alors que tu étais supposée être au Mali !

— Je leur expliquerai tout : ils ont l'esprit ouvert. Je vous ai entendu envisager de vous retrouver, le plus vite possible, à Trois-rivières avec le reste de la famille. Je pensais vous rejoindre dans cette jolie cité. L'aventure n'est pas finie, je ne vais quand même pas perdre le plus merveilleux de l'histoire : les retrouvailles, si vous n'y voyez pas d'inconvénients ?

— Après cette incroyable aventure vécue ensemble, tu fais partie des intimes, répliqua Imad. Tu es la bienvenue. Il eut un petit sourire discret en regardant du côté de Samy à qui il fit un clin d'œil. Il profita de l'arrivée du serveur qui débarrassait la table et du brouhaha qui s'élevait dans la salle de restaurant pour glisser discrètement à l'oreille de Samy :

— Je crois qu'en plus de cette incroyable quête de parenté assouvie, tu as rencontré une future compagne. J'avais pressenti depuis quelque temps la naissance de fortes affinités entre vous. Notre mère sera doublement comblée.

Les trois compagnons prirent des vols séparés pour rejoindre leurs familles. Dans les avions qui les ramenaient chez eux, ils continuèrent à penser à cette Afrique « dite berceau de l'humanité ». Ils se transportèrent, par leurs rêves éveillés, dans le désert majestueux où le silence permettait d'être à l'écoute de ses émotions et de faire le vide intérieur. Les rencontres, fortuites, avec des personnages singuliers, leur avaient révélé que les nomades faisaient preuve d'ingéniosité et avaient une philosophie de la vie qui permettait de faire face à la solitude. Ils vivent loin des contingences sociales et économiques des sociétés occidentales où les publicités en boucle de sauces tomates, frites, électroménager, smartphones, alternent avec des annonces de décapitation d'otages, de crises financières, de fermeture d'usine, de chômage, de débats politiques vides de sens. Autant de choses abrutissantes et angoissantes.

Samy retrouva Aminatou le sourire aux lèvres, elle courut à la sortie des passagers pour le serrer dans ses bras. Imad rejoignit Léa et Hady, impatients, de le voir de retour sain et sauf. Siham et ses parents furent heureux et soulagés de se retrouver tous les trois dans leur demeure bourgeoise du Lac Léman.

ÉPILOGUE

Aminatou remit de l'ordre dans les vases fleuris qui entouraient la tombe de son mari, arrosa les deux grands bacs à fleurs, et regarda du côté de l'entrée principale du cimetière. Samy aurait dû être là depuis un moment déjà. Il le lui avait promis avant de rejoindre son travail après déjeuner. Son regard balaya encore une fois le cimetière et revint vers le portail en fer forgé qu'elle entendit grincer et s'ouvrir. Samy n'était pas seul, il était encadré à sa droite par un homme d'âge mûr, au teint hâlé, qui lui ressemblait étrangement, et à sa gauche par une belle jeune femme brune portant une longue tresse de cheveux sur le côté de la tête, descendant sur sa poitrine. Derrière lui se profilait une femme au sourire radieux, les traits fins, dégageant un charme indéfinissable, accompagnée d'un beau jeune homme de type méditerranéen.

Aminatou sentit sa gorge se serrer et eut l'impression que son cœur s'arrêtait de battre. Imad alla dans sa direction, mais quand il la vit pétrifiée, il ralentit l'allure et sentit ses genoux flageoler. Ses jambes semblaient sur le point de se dérober. Samy le soutint et l'emmena vers Aminatou. Il tendit sa main, caressa sa joue avec une infinie tendresse, essuya les larmes de bonheur qui ruisselaient sur ses joues ridées et la serra dans ses bras. Aminatou posa doucement sa tête sur l'épaule d'Imad et lui souffla à l'oreille :

— Je savais que nous allions nous retrouver, je t'ai tellement vu dans mes rêves.

Arbre généalogique

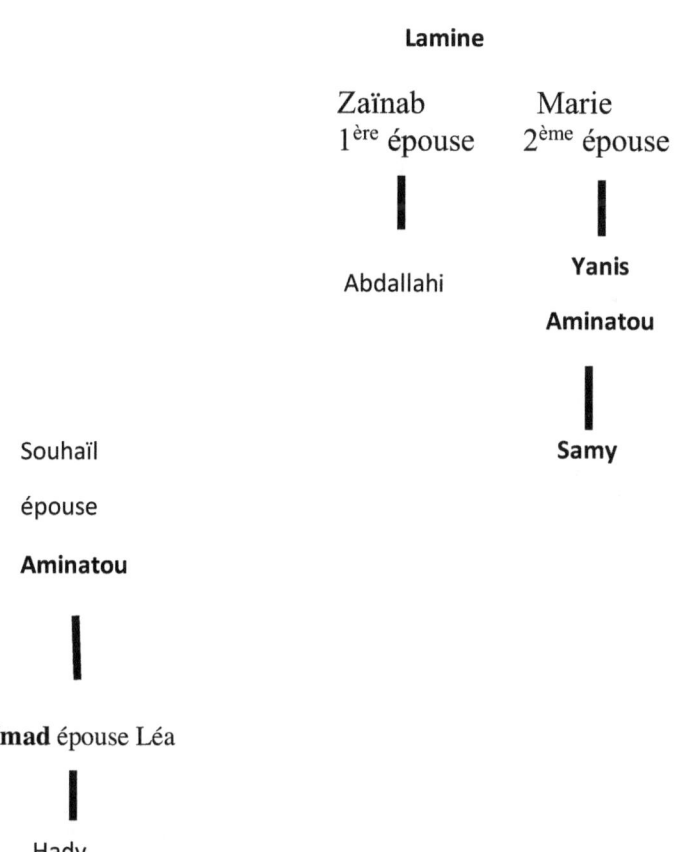

Lamine

Zaïnab
1ère épouse

Marie
2ème épouse

Abdallahi

Yanis

Aminatou

Souhaïl

épouse

Aminatou

Samy

Imad épouse Léa

Hady

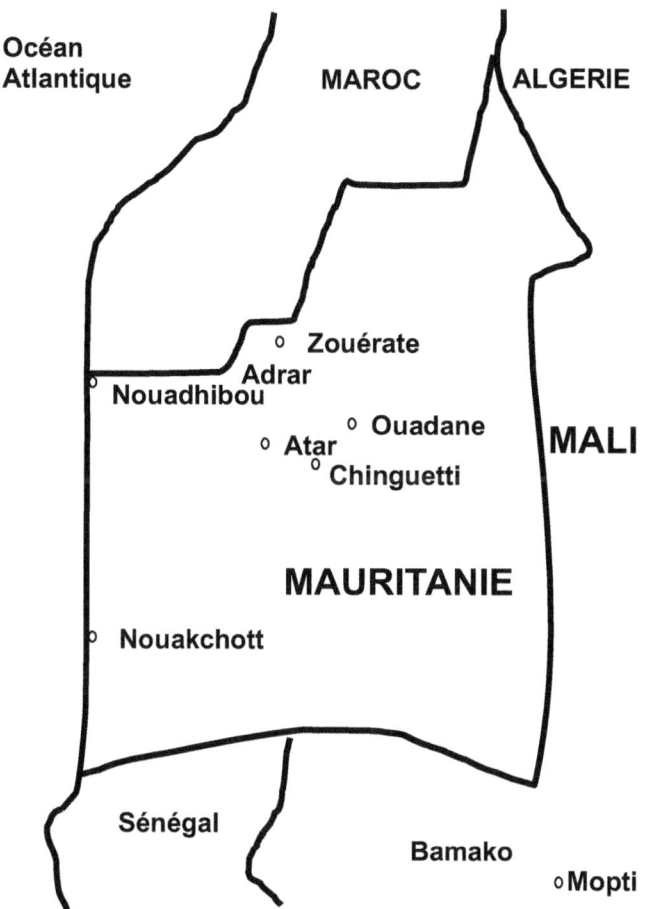

Remerciements

À Joëlle, qui a cru en mon travail, m'a encouragé à poursuivre et qui a participé activement à la relecture de cet ouvrage, je voudrai témoigner de ma reconnaissance et ma profonde affection.

Toute ma gratitude à Madame Annie Lunel, pour ses remarques constructives et ses corrections qui m'ont été précieuses.

Les événements et les personnages dont il est question dans cet ouvrage sont purement fictifs.

Table des matières